The Map Trap
祕密地圖

文◎安德魯・克萊門斯
譯◎劉嘉路　圖◎唐唐

遠流出版公司

【導讀】
從自己的地圖出發

臺東大學兒童文學研究所所長 游珮芸

我愛旅行，也愛地圖。

我喜歡在旅途中閱讀地圖，在行進的飛機、火車、渡輪裡，縮著肘、侷促的攤開折痕深深的地圖，提筆標示目前所在；用指頭尋覓下一個驛站，遐想它的空氣、風土與景致……。我喜歡在旅程後閱讀地圖，在暈黃的燈光下、冒煙的咖啡杯旁，輕鬆的攤開破損的地圖；用指尖循著圖上標記，一站、一站，回味當時的發生、看見與觸動。

地圖是個濃縮的小宇宙，把未來、過往，內在、外在，客觀、主觀，看得見、看不見的元素全部揉搓在一起；必須用心，並且是顆敏銳善感的心，才能讀得透。

帶著這樣的好奇，翻閱這本由暢銷作家安德魯・克萊門斯創作的校園小說，跟著主人翁艾爾頓一步、一步的思考、探索、跨越與成長。我確實可以感受到像閱讀地圖般的深刻意涵與探索的喜悅。

艾爾頓，是個沉靜害羞的小學生；父母在他出生前，倉促間從伊利諾州道路地圖上隨機挑了個城市名來幫他取名。因此，貌不起眼的他，自幼和地圖結下了不解之緣。但是他也為了讓學校的風雲人物昆特另眼相看，與對方分享了自己精心繪製、私藏已久的地圖，卻因而惹上大麻煩。

於是，讀者這才知曉，原來他長久以來一直冷眼旁觀，以巧妙練達的手法繪製各種型式的地圖，用來記錄周遭發生的事件與人物，包含校園裡各種氣味產生的地點、六年級學生身高分布、各種品牌運動鞋受歡迎的款式，乃至於布克利校長透過廣播宣布事情時，哪一天說的「嗯」次數最多……。

其中最具殺傷力的，則是他描繪魏林老師的大腦地圖。艾爾頓非常仔細的觀察年輕的魏林老師，用圖例記錄了她上課說過的話，黃金犬、杯子蛋糕、芝加哥大熊隊、弟弟卡爾等；甚至是課堂上沒說過的，如興趣、男友、喜歡的書與連續劇。其中，最爆笑的，則是她那一頭蓬鬆捲曲的亂髮！眾所周知，那是這位菜鳥老師獨特的標誌。

雖然艾爾頓的初衷不是為了嘲諷，但是他如此縝密而精確的觀察與記錄，如果不慎流出，無疑將會引發觀者騷動及當事人的震怒，導致難以預料的災難性後果。

這便是艾爾頓所遭逢的難題。

為了彌補缺失，他無可逃避，必須遵從神祕指示，一步、一步跨出自己的地圖世界。神奇的是，這個跨越，讓他看見了自己的局限，並生起未曾擁有的勇氣。也因為接受了現實世界難以預想的回應，而獲得成長。

透過書中詼諧逗趣的人物、懸宕轉折的故事情節，我們得以與主角一同經歷這個過程，因而有所體悟。原來不論顯明與否，在你我心中，都有無數既成的地圖，那是我們觀看世界的角度。那一張張隱形的地圖能否與時俱進、不斷更新，端視於我們能否拿出勇氣去經歷真實世界，在人際關係的網絡中，不畏摩擦、挫敗，學會同理心、包容與溝通。

這樣的體悟，會讓人閱讀完本書之後，開始留意自己手中的每

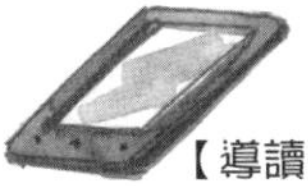

張地圖，是哪位繪圖師的傑作？還有，時時提醒自己，要有自覺的、帶著自己獨有的地圖，走入真實世界；不厭倦的比對、探索與修正，豐富並調整自己的地圖。

【推薦文】

這一次，只想當讀者

臺北市士東國小校長、兒童文學作家
林玫伶

以前為好書寫推薦序，我多半以「導讀者」的角度撰寫，想要帶領讀者看到這本書的脈絡、思想，和隱藏在書中的珍珠；但這回拿到書稿翻閱第一章，便欲罷不能的讀下去，沉浸在故事的世界，分外陶醉。顯然，這一次，作為「讀者」似乎比「導讀者」來得幸福。以下，就當是我的讀後感吧！

首先，我超想親眼目睹主角艾爾頓的祕密資料夾！非常佩服艾爾頓能把生活周遭看似平常不過的訊息組織成地圖（應該是佩服作者啦），包括眼睛看到的（如學生多久剪一次頭髮）、耳朵聽到的

（如校長廣播時說嗯的次數）、鼻子聞到的（如二十九種氣味產生地點）、心裡察覺的（如誰喜歡誰、誰討厭誰）……，這些結合統計與圖畫的特殊地圖，光是用想像的就過癮！

受到故事的影響，闔上書以後，我也想畫一張家人房間擺設的地圖、小狗搖尾巴幅度大小的地圖、衣服顏色和學生打招呼關係地圖……。天啊，這本書應該拍成電影，不然也要做成繪本，才能滿足讀者的渴望呀！

其次，這位地圖迷的「養成」過程也很誇張。從一張沾了咖啡汙漬的地圖開始，到娃娃命名、親戚朋友賀禮，一路充滿著合理的荒謬，陰錯陽差的組合，造就了一個明察秋毫、準確精妙的地圖怪傑。（你信嗎？這個理由我信了。）

再來，沉迷於地圖世界的艾爾頓，開始對地圖有不一樣的解讀，是在他騎腳踏車去昆特家的路上。書中說他：「不再想像虛構的地圖，而是注意真實世界的道路狀況。」（嗯，這句話是有點味道。你怎麼想呢？）

早就有一方天地的艾爾頓，其實也希望融入團體，獲得認同，他把孤芳自賞的珍藏地圖拿給人氣王昆特看，分享自己的祕密，希望獲得友誼。「男二」昆特的出場和表現也不俗唷，這當中，兩位少年的互動既純真又清新，在搞笑的情節中，多了一絲淡而有味的柔軟呢！

最後，我不得不佩服作者，他的頭腦裡一定有張精緻的地圖，把故事的人物、場景、情節，從點線面連成錯綜複雜卻又理路清晰的地圖。我在想，要是艾爾頓能畫一張安德魯・克萊門斯的大腦地圖，哇！那鐵定是可觀啊！

名家好評推薦

一個地圖迷——艾爾頓．席格勒，一份關於校園中各種祕密的手繪地圖，一次離奇的地圖失蹤案，一封勒贖信……。安德魯．克萊門斯在台上市的第二十二本校園小說《祕密地圖》，正呼喚你跟著艾爾頓一起解決這個難題！

隨著勒索信接踵而來的是一連串的任務，像是：不要穿有地圖的T恤，要去提醒校長一些小事，以及因為害怕地圖上各種祕密曝光而必須去向關係人道歉的行動，真是讓我們的心也跟著緊張，跟著想像。

實在太喜歡這個酷愛畫出各種地圖的艾爾頓了！至於這些地圖種類繁多，相信你也會喜歡！

——臺北市新生國小校長 **邢小萍**

咱家書櫃上一系列安德魯．克萊門斯的校園小說很少「全員到齊」過，因為總是不停的被孩子的同學們借走，我想這本新作也絕對會榮登為搶手貨。作者就是有辦法抓住少年在成長中令人匪夷所思的心理謎團，然後發展出讀者無法不一氣呵成以釐清真相的新奇故事。

一個狂畫地圖但孤僻邊緣的孩子，歷經了一場危機之後，最終找到了自信、獲得了友誼、難忘於恩師，相信少年讀者很能將此情境投射於自己的成長謎團中，而深深獲得共鳴！

——親子教養作家 **彭菊仙**

開學入秋之際，是為師者歡欣於從各方寄來的賀卡中咀嚼成就的時節。言詞懇切表達的片語，總是會在展閱多遍後，放進專屬的寶盒中，與內心珍藏過去師生交心的種種，形成時空育釀的佳美碩果，留待日後細細回味。

同一季節，展讀安德魯·克萊門斯的新作，以地圖事件為軸，將師生交互作用的撲朔迷離，繪聲繪影的形成一個令人擊掌的故事，激勵安慰了為師者的溫心暖腸，也讓不識愁滋味的少年學生，在思維與環境交錯縱橫的認知中建立準則。

相信讀過這本書的慈愛師長與莘莘學子，將更放心在彼此成長的心智地圖裡自由悠遊。

——臺北市興華國小教師 黃瀞慧

祕密地圖 The Map Trap

1 頭髮災難日

星期二早晨，當火災警示器鈴聲大響的時候，魏林老師想到的第一件事就是自己的頭髮。四十分鐘前，她都待在外頭值導護工作，協助學生走下校車。十月的天氣潮溼又多風，今天碰巧還是大晴天，對她的頭髮來說，這簡直就是災難的最佳組合。布克利校長就不能把今天的演習往後挪個幾天嗎？

教室裡的自由活動時間也快要結束了，魏林老師用力拍手，開口說話：「好了，各位同學，現在是消防演習。大家趕快排好隊伍，我要你們每一個人**安靜**下來！不用整理東西，趕快排好隊伍。**現在**就排隊！」

她好不容易用圍巾包住頭髮，抓起筆記板，然後帶領自己導師班的學生到教室外走廊；全班師生經過體育館，直接往外頭指定的地點走去。她的班級被排在操場圍牆的一側。她得意的注意到自己的學生屬於最早離開教室大樓的學生群之一，這對一個菜鳥老師來說很難得。她希望布克利校長會注意到這一點。

她試著回想自己上一次參加消防演習是多久以前的事情，不過記憶卻是一片模糊……那應該是在她上中學的時候吧。距離現在已經有五年的時間了，那時的她還只是個名叫荷莉・魏林、喜歡科學的女孩。

她聽到身後響起窸窸窣窣的低語聲，不過她不需要回頭也知道是哪幾個學生。這班學生裡愛嘰嘰喳喳說話的就那麼幾個人。

「安妮和凱莉？我告訴過你們**不要**說話。消防演習是一件嚴肅的事情。」

每當她察覺到自己現在的身分是「魏林老師」時，還是忍不住感到很奇妙。魏林老師外表很年輕，她也覺得自己很年輕；她的年紀不過二十三歲，**的確**很年輕沒錯。事實上，她的小弟卡爾才十二歲，和她多數的學生是同樣的年紀。她**很高興**自己的家人住在愛荷華的錫達福爾斯市，而不是伊利諾州的哈柏葛羅鎮。光是想到有可能會教到卡爾，就足夠讓一個女生半夜惡夢連連。

強風沿著操場圍牆一路捲起遍地的枯葉，魏林老師只能緊緊抓住下巴下方的圍巾，不過她知道自己這樣做也沒有多少效果。今天註定就是她的頭髮災難日，還是災難指數最高的層級。過去三個星期以來，她試著擠出時間去剪頭髮，但是菜鳥老師的第一個月忙到不行。再說，新髮型也不見得真能幫上忙。她的頭髮又多又捲，幾乎做不出任何造型。她從六歲以後，每一天都得和這一頭亂髮纏鬥，而且始終都是輸的一方。

所有的學生此刻都聚集在操場上。她看見布克利校長在操場的另一邊，從一個老師走向下一個老師，好確認學生人數。

魏林老師趕緊把頭上的圍巾解下來，塞到寬鬆長褲後面的口袋裡。她看著手上的筆記板，開始點名：「比利．亞金森？」

「有。」

「潔妲．巴特利？」

「有。」

「卡爾森．伯爾？」

「有。」

隨著布克利校長接近的腳步聲，魏林老師加快了點名的速度，到最後只剩下一個名字。「艾爾頓．席格勒？」

沒人回答。

她再喊了一遍名字。「艾爾頓．席格勒？」

布克利校長已經很接近了，她此刻正在跟另一位同樣教六年級的特洛伊老師說話。

魏林老師感到一陣不安，她趕緊翻看今天的出席名單……艾爾頓今天的確有來上學啊。她很確定自己在半小時前還有看到他，她也確定……

「魏林老師，早安啊。」布克利校長對她笑了笑，再轉頭看向學生們。「你們全班的學生都在這裡了嗎？」

「很……很抱歉，艾爾頓・席格勒不在這裡。」魏林老師回答的同時，可以感覺到自己的臉色變白，兩手變得溼冷。她還感到有點頭昏。

布克利校長皺起眉頭。「你之前點名的時候，他在教室裡嗎？」

「嗯……嗯，是的！我有點到他的名字，就在這裡，您看見了嗎？」魏林老師無力的拿出她的筆記板。

布克利校長看都沒看一眼，只說：「我幫你看著學生。去把他找出來。現在就去！」她的聲音裡透著一絲尖銳。

魏林老師半跑半走的衝向體育館的門，她可以感覺到學校每一個人的眼睛都盯在她身上，還有盯著她跑步時一頭亂髮四處甩動的怪模樣。

她上氣不接下氣的衝到教室門口，可是門卻上鎖了。她身上沒有鑰匙。她正打算轉身去找管理員拿鑰匙，這時目光瞥到教室後面有一樣東西。在一排排書桌後面、窗戶旁的地板上有某樣東西。

那是一隻鞋子，一隻男孩的球鞋。

她把身體往前傾，鼻子壓在玻璃窗戶上，兩隻手圍著眼睛圈成杯狀，擋住走廊上方的燈光，這樣才能把裡面看得更清楚些。

那絕對是一隻鞋子。她還看見了腳踝，再往下看則是一截約十五公分長的小腿……還穿著牛仔褲！

魏林老師一隻手用力敲在教室門上，兩隻眼睛仍然緊盯著那隻腳。她大聲喊著：「艾爾頓？艾爾頓？你是不是在裡面？**艾爾頓！**回答我！」

那隻鞋子、那隻腳和小腿……毫無動靜。

魏林老師轉過頭朝著走廊大喊。「辛恩先生？**辛恩先生！**你有聽到嗎？」

「我就在前面的走廊上，」辛恩先生喊回來：「什麼事？」

「四十三號教室有緊急狀況！請帶鑰匙過來，**快一點**！」

魏林老師接著聽到掃把柄掉到地板上的響亮砰咚聲，也聽到管理員死命跑過轉角時，手中鑰匙彼此碰撞的噹啷聲。沒一會兒，辛恩先生打開了教室的門，他一把將門推開。

魏林老師衝進去，擔心發生了最糟糕的事。她跑過沿著窗戶排放的桌子之後，突然停了下來，兩隻眼睛睜得很大。

眼前這一幕她看得非常清楚：鞋子、腳踝、腿，以及整個小男孩的身體！艾爾頓・席格勒趴在地板上，兩個手肘撐起上半身，整個人沐浴在從窗外灑進來的光線裡。一台小小的iPad連接著兩條白色耳機線一直連到他的耳朵；他的面前攤著一大張紙，紙上散落著

一些色鉛筆和馬克筆。他的右手拿著一枝紅筆，嘴裡哼著她不知道的旋律。辛恩先生這時站到她身邊。

魏林老師伸出腳尖，輕踢一下艾爾頓的腳。小男孩像被一隻蜜蜂螫到似的猛然跳起來。他快速翻身，臉上露出微笑，伸手取下耳朵裡的耳機。他看著魏林老師，再看向管理員先生。

「嗨！你們在這裡做什麼啊？」

荷莉·魏林一下子不知道該說什麼適當的字眼，她的恐懼變成了憤怒。她很想要大喊：**我們在這裡做什麼？我才要問你在這裡做什麼啊？**

不過那樣說並沒有任何幫助，因為艾爾頓·席格勒做的事情表現得很清楚。

他正埋頭畫著地圖。

2 地圖迷的誕生

艾爾頓．席格勒會變成一個熱愛地圖成痴的男孩，可不是因為有人執行了一個偉大計畫的結果。事實上，**毫無計畫**才是造成這一切的源頭。

這麼說吧，如果艾爾頓的爸媽事先規畫得好一點，他們很早以前就會讀一讀《幫你的寶寶取好名字》之類的書，也會在小孩要出生之前的一個月就選好適合的名字。

他們偏偏沒這麼做。

因此等到艾爾頓的爸爸載著太太抵達醫院時，她只能從車門夾層抽出一張沾了咖啡汙漬的伊利諾州道路地圖，攤開來，在僅剩的一丁點時間裡開始唸出一長串的城鎮名稱。

「……艾爾瑪、艾羅爾頓、艾爾法、艾爾西、艾爾席波、艾爾塔蒙、艾爾托帕斯、艾爾頓、艾爾托納、艾爾文、安波伊……」

「等一下！」準爸爸說：「就是這個！」

準媽媽扮個鬼臉。「什麼，**安波伊**？這名字很糟糕耶，根本不能當……」

「不，不是，」準爸爸說：「艾爾頓！艾爾頓・席格勒！」

「艾爾頓・席格勒，」準媽媽重複說，然後再慢慢的唸一遍：「艾爾頓・席格勒。」她臉上露出笑容。「聽起來挺不錯，對嗎？**艾爾頓……**我喜歡這名字！」

「我也是。」準爸爸說：「小名就可以叫做**小艾**，很棒呢！」

「小艾？」他的太太轉頭過來，瞪著他看。「親愛的，不行。我絕對不會叫他小艾，門都沒有。他沒有小名，就是『艾爾頓』三個字，清楚了嗎？」

六個小時之後，兩人在新生寶寶的出生證明上寫下了「艾爾頓．席格勒」。

六天後，這對新手爸媽把那張沾了咖啡汙漬的伊利諾州道路地圖拿去裱框，掛在嬰兒床上方的牆面上。

每當小艾爾頓被放回嬰兒床之後，他仰頭躺著，兩隻眼睛往上看，就會看到那張地圖。他慢慢闔上眼睛睡著了，等他醒過來，地圖還是在同樣的位置，時間就這樣一天天過去。

當然，艾爾頓一開始看見的地圖只像是一大團白白黃黃的東西，上面交叉著黑色、紅色、綠色、藍色和黃色線條。剛開始的時候，他甚至還不知道這些顏色的名字呢。不過，他耐心的看呀看，慢慢注意到所有細節。

其他親戚知道艾爾頓這名字的由來之後，家裡開始出現和「地圖」相關的東西。

他的羅伯特叔叔送給這個小姪子一個充氣地球儀，除了不能彈來彈去之外，它看起來真的有點像巨大的海灘球。這地球儀其實是個夜燈，裡面有個小小的發亮LED燈。羅伯特叔叔幫艾爾頓的爸媽把地球儀掛在嬰兒房天花板中央。

藍色的海洋、棕色的沙漠、綠色的山脈，各種國家就像是彩虹一樣有各種顏色。地球儀上布滿了密密麻麻的細黑線：從頂端延伸到底部、從一邊延伸到另一邊。

當然了，小艾爾頓還不明白自己看見的所有東西代表了什麼意思，至少剛開始的時候還不懂。但是他每天晚上都會看見黑漆漆的房間裡，有個地球儀閃亮著光；他看啊看的，就這樣注意到了所有的細節。

住在亞利桑那州的蘇西外婆知道艾爾頓的名字由來之後，在網路上找到了一張有美國地圖圖案的漂亮地毯，鋪在艾爾頓的房間地板上。地毯上有每一州的州名和首府名稱，在華盛頓特區的位置上還有一個大大的藍色星星。當艾爾頓第一次用兩隻手和膝蓋爬行時，他的媽媽打電話給蘇西外婆，說：「媽，告訴你一個好消息，艾爾頓剛剛從德州一路爬到了密西根州唷！」

艾爾頓的爺爺奶奶住在康乃狄克州，他們在營造地圖的氛圍上也貢獻了一份心力。不過，他們的舉動可就純屬意外了。當艾爾頓的爸媽結婚後第一次過聖誕節，他們送給這對新婚夫婦一樣聖誕禮物：一年份的《國家地理》雜誌。之後，他們每一年持續訂閱雜誌給艾爾頓的爸媽。

艾爾頓出生的時候，家裡已經訂了五年份的雜誌，起居室裡的書架上放滿雜誌。等到艾爾頓七歲的時候，家裡儲存《國家地理》雜誌的數量已經超過了一百冊。

一個下雨的星期六下午，七歲的艾爾頓坐在沙發上，看著《國家地理》雜誌裡幾張關於西藏一間寺廟的照片。突然，一張折得厚厚的紙掉到地板上。艾爾頓撿起來，打開之後攤平，兩隻眼睛瞪著一張寫著「中國和紫禁城」的地圖。

這張地圖很巨大，比掛在他房間牆壁上的路線地圖還大很多。他從沒見過顏色這麼豐富、還寫上一大堆圖例說明的地圖。

他拿起地圖跑去找爸媽。「你們看！這是從《國家地理》雜誌裡面掉出來的，很了不起，對不對？」

爸媽幫艾爾頓把地圖攤開在餐桌上，跟著他一起彎腰仔細看。

過了一會兒，他媽媽說：「真的很了不起呢。我喜歡這宮殿的插圖，你們也喜歡吧？」

他的爸爸則說：「對，很棒的地圖。知道嗎？如果你再去翻翻其他冊，我敢打賭你會找到更多的地圖。」

尋寶遊戲開始了。艾爾頓像龍捲風似的翻著一本又一本雜誌：他首先從起居室裡那些雜誌下手，然後再到地下室的架子上翻找日期較舊的雜誌。

兩小時後，他大喊著：「嘿，趕快過來！我需要幫忙！」

他的爸爸第一個趕到艾爾頓的房間。

「出了什麼……」他停下來，兩隻眼睛瞪得大大的。

艾爾頓的媽媽幫他把話說完：「出了什麼問題嗎？」她的眼睛也張得很大。

艾爾頓房間裡的每一面牆都被大大小小的地圖覆蓋，這些地圖還不是隨便貼上去的。所有關於亞洲的地圖占去牆面一半的空間，左半邊則都是關於歐洲的地圖，再接過去是其他洲，從東到西、從北往南都有。此外，還可以看到關於海洋、動物、自然資源等的零星地圖，以及幾張介紹主要歷史事件或是古代文明的地圖。艾爾頓一共用了約三十張地圖創造了整個地球的壯觀之旅！

此刻，他站在一張堆著一疊書的椅子最上面。他說：「我得把這些其他的圖貼到天花板上。」

十分鐘之後，艾爾頓和爸媽仰躺在床上，往上看著這些所有關於月亮、火星、太陽系和整個宇宙的地圖。這當中包括了一幅叫做「飛行歷史」的壯觀地圖，還有一張「恐龍星球」的地圖，它其實和天花板其他地圖不能算同一類，但是這和「恐龍」有關耶，說什麼**都得**貼在某個地方。

對二年級的艾爾頓來說，這個發生在十月的「地圖大震盪」是個重大事件，撼動了他對整個世界的看法。這也讓他明白，地圖可以展現各式各樣的資訊。

兩年後的十月，四年級的艾爾頓收藏的地圖已經超過一百五十張。他也在這一年開始認真繪製自己的地圖。

他發現畫一張好地圖非常困難，遠比他想像的還要複雜很多。儘管他不是很熱衷數學，還是勉強自己學習分數和測量法，這樣他畫出來的地圖才盡可能精確。他沒注意到，地圖讓他在四年級時思路變得清晰，觀察事物更加敏銳。

升上六年級的十月時，艾爾頓．羅伯特．席格勒在哈柏小學已經是個眾所皆知的「地理怪傑」。就是因為他全神貫注在繪製地圖上，才沒有發現全班其他同學已經排好隊伍離開教室，參加消防演習去了。

當魏林老師和辛恩先生在星期二早上發現他的時候，他正趴在四十三號教室最後面靠窗戶一側的地板上畫地圖，整個狀況看起來就是這樣。

不過，任何厲害的製圖師都知道，事情**看起來**和事情**真實的樣子**，有時候是非常的不一樣。

非常非常不一樣。

3 中立的瑞士

消防演習結束後，大多數學生回到自己的教室，辛恩先生則回到管理員的工作間。他在書桌旁坐下來，他的助手喬・哈恩站在工作檯後面。辛恩先生把椅子轉過來面對著喬。

「剛才發生了一件很妙的事。」

喬本來在修理一具活閥，他聽到辛恩先生的聲音抬起頭來看。

「你說什麼？」

「我說，剛才發生了一件很妙的事。」

「是嗎？什麼事？」

「消防演習的時候，那個新來的老師大喊我的名字，說她班上發生了緊急狀況。我就趕緊跑過去。」

「哪個老師？」

「很年輕、頭髮很多的那一個。」

「噢，對喔。然後呢？」

「她教室的門鎖住了，我拿鑰匙去開門，然後你知道所謂的緊急狀況是什麼嗎？那個叫席格勒的孩子，他趴在窗戶旁的地板上畫地圖，耳朵裡塞著耳機。老師還得踢他的腳引起他的注意呢。然後他看著我們，一臉驚訝的說：『你們在這裡做什麼啊？』」

喬咧嘴笑了笑。他點點頭說：「**真的**挺妙的！我一向就挺喜歡那個孩子。」

辛恩先生說：「是啊，只不過**那**不是我說很妙的部分，而是那個小孩看著我們的樣子。因為他看見我們的時候，根本一點都**不**驚訝，完全沒有。那個新老師可能還沒看出這一點，但是，**我**一眼就可以看出來一個人是不是裝出來的。而那個小孩則是很認真的裝出很驚訝的樣子。」

喬不再咧嘴笑了。「這……為什麼呢？」

管理員聳聳肩。「我也不知道。不過那個小鬼肯定在計畫著什麼事，這一點絕對不會錯。」

喬想了一會。「你打算告訴那位名字叫什麼來著的老師嗎？」

辛恩先生搖搖頭。「不。我保持中立……就跟瑞士一樣。除非那個小鬼開始做些破壞窗戶或是朝體育館丟雪球之類的事，否則我什麼都不管，保持中立。」他站了起來，然後說：「我們最好去清理學生剛才一路踩進來的髒東西吧。你弄完那個活閥，就趕快來西側的走廊，了解吧？」

喬回答：「沒問題……瑞士先生。」

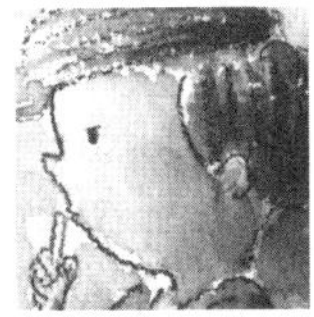

4 懲罰

最後一節課的下課鈴剛才響了，整間學校也開始逐漸安靜下來。這是荷莉．魏林老師一天當中最喜歡的時刻。

「呃……魏林老師？」

魏林老師從書桌上的一疊作業報告中抬起頭，等她看清楚站在面前的人，目光不自覺收緊，嘴角微微皺起來。

「你好，艾爾頓。」

艾爾頓像是舌頭打結一樣說不出話，不過魏林老師並沒幫他一把，她只是靜靜等著。艾爾頓看進她的眼睛，眨了眨眼，然後垂下目光。他深色的眉毛相互擠著，幾乎快要碰在一起。她注意到，每次這男孩在專心想事情的時候，眉毛就會這樣皺在一起。

「呃，我……我很抱歉，」他再次看著老師，「……對不起，我今天早上錯過消防演習，害你惹上麻煩。」

魏林老師快要融化了。他棕色的眼珠看起來如此難過又如此可愛，幾乎就和她的黃金獵犬「搖擺先生」的眼睛一樣。

但是如果要她微笑著說：「噢，艾爾頓，沒關係了。我知道你不是故意的……。」那可不行，這樣就饒過他也未免太簡單了。畢竟，這有部分**是**他的錯。他應該吃些苦頭的……不是嗎？

因為她自己就承擔了一些後果啊。

她在下午備課的空檔去見了布克利校長。布克利校長要她再仔細讀過學校消防演習手冊，然後寫心得報告，確保每一個小孩在任何時候都不會被遺漏。

這其實不算是真正的懲罰，但她感覺上就是如此。在消防演習的時候弄丟一位學生已經很糟了，還發生在她這位菜鳥老師身上？這次的事件絕對會被記錄下來放進她的個人檔案裡。這次事件或許還可能讓她這樣的新進老師得不到終身雇用的教職工作呢。

艾爾頓站在那裡，表情愈來愈抱歉。

她知道這孩子其實相當乖巧，個性偏向安靜，對地圖則是瘋狂的著迷……不過，這也不算是什麼罪過，不是嗎？小孩本來就會著迷各式各樣的事：恐龍、賽車、電動玩具、足球、流行音樂歌手、棒球……說都說不完。她記得自己以前對任何跟「鐵達尼號」船骸有關的事情全不放過，那也只不過是前幾年的事而已。她看了十幾部相關的電影和紀錄片，把每位船難者的名字都記在腦子裡，甚至還試著寫信給一些倖存者的孫子孫女們。在「鐵達尼號」之前，她很迷戀冰河，再早一點是獵豹，再更早一點則是甲蟲。這樣說來，艾爾頓這麼喜歡畫地圖也就不奇怪了。

艾爾頓今天穿的T恤，正面是伊利諾州露天遊樂場的地圖。

這小孩總是穿著牛仔褲和T恤，而所有T恤的正面也一定是某種地圖之類的圖案。有一次，她問了艾爾頓關於T恤的事情，他回答大部分的T恤是自己上網找來的，此外他的親戚們也都會送他新T恤。他真的是很可愛的小孩，和她的小弟卡爾很像，除了卡爾喜歡捉弄她這一點之外。她知道卡爾的老師總覺得卡爾自以為聰明，而艾爾頓卻不是這樣的孩子。

「嗯，這個……我想說的就是這些。」艾爾頓說，稍微聳了聳肩，「……我想告訴你，我真的很抱歉。」

魏林老師對他笑了笑，她實在忍不下去了。

「沒關係了，艾爾頓。現在趕快去搭校車吧。祝你今晚愉快，明天見。你今天畫的地圖到時一定要讓我看看喔，好嗎？我原諒你了，我知道你不是故意錯過消防演習的！」

艾爾頓勉強禮貌的點點頭，然後回答：「謝謝。明天見。」

他看起來還是一臉悲慘的樣子，魏林老師很驚訝，他的心情並沒有比較輕鬆，臉上也沒有一絲笑容。不過，男孩子有時候會比他們表現出來的還要敏感許多。她想起自己去年上「兒童發展」課程時曾聽過這句話。

魏林老師對於艾爾頓表情的判斷其實很正確。艾爾頓離開她的辦公室時感覺真的很沉重，那感覺甚至比他道歉之前還要糟。

但是她絕對猜不出來艾爾頓**為什麼**會感覺如此難過。

她不知道自己說的話不斷在艾爾頓心裡迴響：「我知道你不是故意要錯過消防演習的！」

事實上，他真的是**故意**不去參加消防演習的。這話絲毫不假。

理由呢？

就和艾爾頓生活裡其他每件事情一樣，他這麼做的理由跟「地圖」有關。

5 祕密資料夾

艾爾頓望著校車車窗外一閃而逝的玉米田，兩邊的眉毛緊皺在一起。那片玉米田已經呈現棕色，幾乎可以準備採收了。他家距離學校西側的停車場不過才二點二一四英里的距離，不過校車在抵達他家之前，已經停了十七次。因此，他在回家的校車上有很多時間可以好好思考。

事情怎麼會變成現在這樣子？這全是我犯的白痴錯誤！

說真的，他說得一點都沒錯。

大約一星期以前，他試著和昆特．哈里森交朋友。上社會課的時候，昆特就坐在他後面的位子。他老是看著艾爾頓上課的時候畫各式各樣的圖。特洛伊老師很愛說話，因此艾爾頓通常有很充分的時間可以畫圖。

「喂，小艾，你那張圖**超讚的**呢！」昆特會在艾爾頓的耳邊悄悄這麼說。

有時他會說：「**了不起！**老兄，我說真的，這**怪得很酷耶！**」

艾爾頓一向就討厭用流行語或火星語說話。此外他還得不斷提醒昆特，他的名字不叫小艾，而是艾爾頓。

我怎麼會認為自己可以和一個活脫是從八〇年代電視節目逃出來的人做朋友呢？

到底是為什麼呢？儘管要艾爾頓面對事實很不容易，他還是勇敢面對。這是因為當昆特讚美他的時候，他感覺自己飄飄然的。

昆特總是和學校裡受歡迎的學生走在一起，而艾爾頓從來就不屬於那個圈子。雖然艾爾頓覺得這些圖比起自己最棒的作品還差一截，不過昆特似乎真的很喜歡那些畫和圖表。在內心深處，他開始想像如果午餐時昆特在走廊上跟自己打招呼或是說笑之類的，或甚至放學後找他一起玩，不知道會是什麼樣的感覺。他們可以打電動遊戲或是去看電影，或是做那些在學校真正受歡迎（而不是「怪得很酷」）的學生做的事情。

當他沉浸在想像自己與新朋友玩得開心的各種畫面時，心底另一個角落冒出媽媽問他的問題：「你在學校有交到新朋友嗎？」

她常常這麼問。

艾爾頓覺得這個問題很蠢，因為他已經有朋友了啊，例如克里斯多夫。

每年夏天，克里斯多夫的爸媽和艾爾頓的爸媽都會邀對方一起到位於威斯康辛州的蒙朵塔湖區度假。他和克里斯多夫從三歲的時候就認識對方了。他們在今年夏天兩星期的假期中幾乎天天一起去游泳、釣魚和健行等等。之後，艾爾頓回到伊利諾州，克里斯多夫則回到印第安那州的家。一年裡其他五十個星期裡，他們隨時都能寫電子郵件給對方，每個月通常會寫個一、兩封。

這麼說來，克里斯多夫會不會是他**唯一的**朋友啊？那麼他媽媽不斷煩他這個問題其實也有道理吧。不過，他還有其他的朋友，像是海瑟和小薇。

她們兩個人都住在鎮上，**而且**也和他上同一所小學。六月時，他們在郵局旁邊的楓葉公園見了一次面，三個人全都在尋找同樣的地理藏寶物。

「地理藏寶」是艾爾頓最喜愛做的事情之一，因為可以好好的應用他的地圖技術。這是所謂的「怪咖」才會玩的運動，它在西元二〇〇〇年開始發展，那時只要有全球衛星定位系統（GPS）接收器的人都可以取得最精確的GPS資訊。這是某個人想出來的絕妙點子，他覺得如果把小盒子（或是罐子、瓶子）藏起來，然後把這些物品的座標公布在網站上讓人找出來，一定很好玩。這有點像是全球版的捉迷藏，規則也逐漸發展起來。大部分的地理藏寶都會包含一個防水容器、一本日誌（迷你筆記本或是紙張），找到藏寶物的人就可以在上面簽名。

很多玩地理藏寶的人也會加些小玩具或是便宜的小東西進去，他們把這些小玩意稱為「掠奪品」，意思就是找到寶物的玩家可以拿走這些小東西或是加東西進去。

艾爾頓有一個小盒子專門用來裝自己這兩年找到的掠奪品，裡面包括了硬幣、一個塑膠別針、一個小哨子、一個編織鑰匙圈、一個小狗的名牌等等，都是一些小東西。每一次他從地理藏寶物拿走某樣東西時，一定都會留下一個藍色的橡皮圈，這是專屬於他自己的掠奪品。每條橡皮圈都一樣：六公釐寬，不拉扯之下的長度約為兩公分半，上面有一個小小的黑點。一旦你將橡皮圈拉得夠長，就會看到上頭有一個訊息：**地圖先生向掠奪品致敬**。「地圖先生」是艾爾頓在地理藏寶上的暱稱，也就是他的「頭銜」。他把橡皮圈拉長三倍之後，用一枝極細的麥克筆寫下這條祕密訊息。

地理藏寶運動很快的爆紅受到歡迎。到今天的參與人數呢？光是在哈柏葛羅鎮方圓二十五英里的距離內就有超過**七百樣**藏寶物，

祕密資料夾

這些物品還只是過去三年內被藏起來的數目。根據估計，共有超過**兩百五十萬**的地理尋寶獵人在全世界四處活動！艾爾頓很高興知道自己是全世界六百多萬名地理藏寶迷和地圖迷的其中一員，當中包括小薇和海瑟在內。

六月在楓樹公園見面的那一天，他們三人之前就已經交換了電子郵件信箱；在接下來的幾個星期裡，他們決定組成一支地理尋寶隊伍，一起找寶物和藏寶物。三人的友誼就是在這個夏天建立的。

只不過……他們彼此之間也不斷競爭。地理尋寶隊就是這樣，有點像是同在一艘海盜船上的海盜們。沒錯，大家會相互合作，一起找出下一個寶物，但是等到要分寶物的那一刻，每個人基本上在乎的還是自己。海瑟一開始就說得很清楚，她跟外面其他的地理藏寶海盜一樣強悍，因此一旦她搶在小薇或艾爾頓前面找到新的藏匿處，她是不會把任何線索交出來的。她只會面帶笑容的說：「你們得自己找出來啊！」

總而言之，沒錯，艾爾頓是有一些朋友。

不過呢……他知道自己如果有個像昆特這樣的朋友，感覺會很不一樣。

這就是艾爾頓決定把自己畫過最棒的地圖拿給昆特看的原因。如果那個傢伙認為他看到的那些小塗鴉和素描就已經「怪得很酷」，而那些他真正花費時間和心力畫出來的地圖，就絕對會讓他「驚呆了」！搞不好昆特會因為太過驚訝，而少說一兩句那些無厘頭的話。

再說，或許他也就會有個住在鎮上、和他念同一間學校，而且**不是**一個地圖迷的新朋友。

他知道媽媽問他這些交新朋友問題的真正意思。媽媽覺得他花太多時間在地圖、地理尋寶和GPS設備上，而他則認為**媽媽**花太多時間看YouTube的搞笑貓咪影片。

和昆特交朋友變成一件大事時，也就是艾爾頓犯了一個愚蠢錯誤的時刻。突然間，他不只是想讓昆特看他畫得最棒的那些地圖。不，這樣還不夠，他決定要把藏有**祕密**地圖的整個資料夾秀給這個傢伙看。

資料夾本身很普通，沒什麼了不起，打開後，兩面下方各有一個開口，可以裝進學校筆記本。裝在裡面的那些地圖尺寸甚至不是很龐大，最大的一張大約二十八公分高、四十三公分寬，從中間對摺起來。剩下的地圖則是一般影印紙的大小。

他把資料夾藏在他房間裡的書架後方，他爸媽或是妹妹根本不會去注意那地方。他只有在完成一張新地圖的時候，才會把資料夾拿出來，所以他總是把資料夾放在家裡。

直到昨天早上。

昨天上社會課的時候，艾爾頓轉頭過來，看著昆特的眼睛，小小聲的說：「你可以保守祕密嗎？」

「什麼？」

「噓！祕密……你可以守住祕密嗎？」

昆特瞪大了眼睛，點著頭回答：「可以，當然！」

艾爾頓接著說：「那好。吃過午餐後，到圖書館去。我跟你在那裡碰面。我有個會讓你大吃一驚的東西！」

他不確定昆特懂不懂「大吃一驚」的意思，不過他應該是懂了，因為十二點十五分的時候，他們兩人在圖書館碰面。他們走到圖書館後方一張桌子旁。

昆特小聲說：「嘿，我超**興奮的**，就像是**嗨翻**了。」

艾爾頓打開資料夾，拉出一張他最愛的地圖，說：「魏林老師的大腦。」

這句話差點釀成一場大災難，因為昆特看了一眼就開始放聲大笑，笑到艾爾頓開始擔心他的腦袋可能會爆開。

這麼說當然誇張了些，而艾爾頓討厭「說話誇張」的程度，就跟他討厭「無厘頭的話」一樣。

不過昆特的笑聲實在太大了，艾爾頓必須朝他胸骨猛刺一下、皺起眉頭，再加上圖書管理員羅麥絲太太一句響亮的「噓——！」才能讓昆特稍微控制住自己。

坐在附近一張桌子旁的幾位六年級女生也轉頭過來看著他們兩

人，想知道這些騷動是怎麼回事。

艾爾頓對於昆特的反應其實並不驚訝，因為一張好的地圖可以在一瞬間傳遞很多資訊，如果這張地圖剛好又很有趣的話……**哈哈哈**，笑聲就爆開來了！

昆特還是忍不住哼著鼻子，喘著氣說：「這簡直是**瘋**了，簡直就是一整個**大瘋特瘋**呢！老兄，你是怎麼編出這種東西來的啊？」

這問題使得艾爾頓不得不發表簡短的聲明：「製圖師不會瞎編事實，他們展現的是事實。如果一張地圖說的不是事實，它就不是地圖了。」

事實就是，艾爾頓過去兩個月來連續觀察魏林老師一週五天在課堂上的行為，他收集到了強而有力的證據，證明那隻**黃金獵犬**在魏林老師心裡占據了一大塊的分量，再下來是**杯子蛋糕**，以及她的小弟**卡爾**（卡爾也同樣疼愛那隻黃金獵犬）。然後是**芝加哥大熊隊**、**十進位公制**，以及**夏威夷假期**。

這張地圖其中一個爆笑點，是艾爾頓在這顆大腦周邊畫了一圈又一圈蓬鬆捲曲的頭髮，很明顯的看得出來是魏林老師的髮型。魏林老師那頭捲髮真是捲到誇張，他看過她走進教室上課或是值勤完畢進到教室之後，努力試著想把頭髮梳平的樣子；若再碰上雨天或是強風的日子，那情況就更好玩了。她對於這頭捲髮實在是傷透了腦筋。

儘管這只是魏林老師教書的第一年，但是她把這份工作做得非常盡責。因此，如同艾爾頓在地圖上的圖例提到，她在課堂上會談到一**大堆**的科學和數學。不過圖例說明裡也加進一些額外的資訊，他把魏林老師在課堂上從來不曾提過的主題列成小清單，像是男朋友、興趣、喜歡讀的書、喜歡的電視連續劇，喜歡看的電影。

他也必須對昆特解釋，地圖上的圖例顯示出一張地圖能表現的範圍。而在這些範圍之內，艾爾頓有自信的認為，自己對於二十三歲魏林老師的內心世界有很精確的觀察。

昆特馬上再次笑瘋了，藉此表示贊同艾爾頓。

不過……昆特的反應正是艾爾頓為什麼要把這資料夾藏起來的原因。因為這些祕密地圖和地理、政治或是自然環境無關，反而和哈柏小學的老師和學生有關。

有幾張地圖純粹就是搞笑，像是那張比較耐吉、銳跑、愛迪達、匡威和凱德斯等運動鞋品牌在校園受歡迎程度的列表地圖，當中還包括了高筒和低筒運動鞋的比較呢。他利用「時間線」和「樣式」另外畫了一張地圖，來呈現女同學常穿哪些顏色的裙子來上課——這當然也有點搞笑。

如果這一類地圖真的流傳出去讓其他人看到，後果其實也不會多嚴重；**只不過**……這麼一來學校的每個師生就會知道艾爾頓每天在學校不是只有上課念書，他同時也在研究**全校每一個人**。他以後要收集資訊就會困難許多，這也是為何他要將那些運動鞋、衣服、學生多久剪一次頭髮，以及學校裡二十九種氣味產生地點等等的地圖，全收進祕密資料夾的原因。

不過，資料夾裡還是有很多**其他類別**的地圖，裡頭包括了「魏林老師的大腦」地圖。這些地圖就比較偏向私人的範圍了，像是哪些女生喜歡哪些男生；哪些男生喜歡哪些女生；哪些女生因為某些女生喜歡某些男生而討厭她們；多少六年級學生的父母親離婚；哪些老師有多常微笑或是皺眉或是生氣或是大吼；學生最常在哪些科目的考試裡作弊，拼字、數學、自然科學或是社會課等；還有布克利校長有多常在早上透過廣播宣布事情的時候說「嗯」，以及她在哪一天說「嗯」的次數最多。艾爾頓利用文氏圖繪製了一張「午餐時間最高人氣的六年級學生」的地圖，還用輪廓線畫了一張六年級學生的身高地形圖：從高聳的威爾遜山（其實就是一百七十二公分高的艾瑪．威爾遜），往外延伸到身高介在一百六十三公分和一百三十七公分的坡地範圍內，再往外則到了僅高於地表二點五公分的威爾登山谷低地（站在這位置的只有凱爾．威爾登一個人）。

這些地圖全都繪製得相當巧妙和精確，看起來也非常漂亮。有一些看起來有些好笑，少部分則**非常**爆笑。

不過，艾爾頓知道自己用這樣的方法來表達這些個人資訊可能帶來的後果。有些人可能會覺得尷尬，或甚至認為他是在嘲弄攻擊他們的缺點。這是因為有些地圖看起來不太像是地圖，反倒像是漫畫。沒錯，他還是表現出真實資訊，但是把這些特殊資訊和「圖畫」結合起來？某些人肯定會認為艾爾頓就是故意要嘲笑他們，不過這絕對不是艾爾頓的本意，他根本沒這麼想過。他只是想要表現得更有創意一些，想利用比較特殊的形式來做點實驗，好把一些想法融合起來。這些地圖就像是藝術家的素描簿，是一個可以好好自由發揮新點子的地方。他本來只打算把這些地圖留給自己看而已，就像是一本日記。

這就是為什麼他把這些地圖收藏起來的原因，一直到昨天才忍不住拿出來秀給昆特看，讓他覺得自己很厲害……結果他才看到第一張地圖就笑到岔氣，害得他們被羅麥絲太太直接趕出圖書館。

昨天放學下課後，他走到自己的置物櫃，這才發現自己的祕密資料夾不見了。有那麼幾秒鐘的時間，艾爾頓感覺自己快要吐出來了。他馬上想到一定是昆特拿走那些地圖。只不過，他不想直接走到在外面排隊等校車的昆特面前，在沒有任何證據下，就說他拿了自己的資料夾。因此他昨天沒有採取任何行動。

但是那天晚上，當他躺在床上想像那些地圖全部流出去讓所有人看到的狀況，他決定自己必須先仔細搜索他和昆特兩個人的教室。因為他有可能把資料夾留在下午上特洛伊老師社會課的教室書桌裡，或是其他地方。儘管不太可能……但他總得試一試。

躺在床上的時候，他知道自己一定得想出辦法到特洛伊老師的教室裡找一找，尤其是昆特的置物櫃。這麼做的風險很高，但是如果他真找到了資料夾，一切的危險就值得了。

接著，學校在星期二無預警的進行了消防演習。當警報聲響起的時候，艾爾頓這下知道**機會來了**。趁著其他學生慌慌張張排隊的同時，他跑到教室後面，趴在靠窗戶一側的地板上。不過三十秒的時間，全教室只剩下他一個人；而一分鐘之後，整間學校大樓就已空無一人。

艾爾頓的運氣好，特洛伊老師帶著學生離開教室、參加消防演習時沒有關門，不過艾爾頓快速搜索了兩間教室之後，卻什麼都沒有發現。

因此他現在仍然可以感覺到胃裡的陣陣噁心……再加上欺騙魏林老師的罪惡感。她**因此**被校長說了一頓呢。

事情搞得一團亂。

靠近郡立道路二一五〇號的一個大坑洞把艾爾頓震得回到現實裡來。三分鐘之後，校車嘎吱一聲在他家對面的郵筒旁停下來。艾爾頓不得不逼自己面對眼前這個醜陋的事實：昆特偷走了自己那些地圖。

艾爾頓站起來，經過狹窄的走道，走下校車的時候，重新思索了自己的推論。

他有機會嗎？

有啊。昆特知道艾爾頓把書本和東西放在哪裡。因為在魏林老師的教室裡，每一個學生的木頭置物櫃都有貼上標籤，也沒有門，所有東西都大剌剌的露了出來。而且，昆特一整天都在那間教室進進出出的。

動機呢？

有啊。他跟昆特很快就被羅麥絲太太趕出圖書館，這傢伙只來得及看了第一張地圖……他當然想要再看其他的地圖。套句他說的話，**老兄，這是一定要的啊！**

也許那也正是昆特原本的打算，他只是想看看資料夾裡其他的地圖。看完之後，他應該就能明白艾爾頓會有多希望趕快拿回來，他一**定**知道的！不過或許把地圖拿給其他人看的渴望太強大了。或許昆特已經決定要把地圖拿給他的朋友看，好讓自己更受歡迎；搞不好他已經這麼做了！搞不好他已經把所有地圖拿去掃描，上傳到網路上了！

這個想法讓艾爾頓的胃緊縮得更難受。如果這些地圖真的被散布到各地方，那麼他可能要在很久很久以後才能在學校裡交到新朋友了。因為那些地圖右下角的地方，都被他驕傲的寫下：**艾爾頓·席格勒繪製**。

校車轟隆隆的離開了。一陣從北而來的冷風呼呼吹進他家對面枯乾的大豆田。不過艾爾頓沒心思注意到這些事，他一心只想著自己得趕緊把那本資料夾拿回來。

既然自己沒在學校找到資料夾，那麼他就得把戰場直接拉到昆特的家門前。

他愈早到那裡去，情況對他愈有利。

6 熱門話題

「哈囉——媽媽，我們回來了！」

貝絲是艾爾頓的妹妹，她每天下午回到家的時候都會這麼唱自己編的歌詞。

「嗨，貝絲——嗨，艾爾頓。我今天買了新的優格，全是你們愛吃的口味。我正在忙一些事，十分鐘後再來找你們，好嗎？」

艾爾頓皺著眉，往廚房走去。

他很高興自己在回答媽媽至少二十個關於今天在學校如何的問

題之前，自己還有一點點時間。他媽媽擔任本地三家公司的會計，她大部分時間都在家裡工作。當艾爾頓和妹妹放學回到家，她總是會在家裡等著他們，她也一定會想要知道他們在學校發生的所有大小事情。

艾爾頓打開冰箱門，貝絲則跟在旁邊。

「可以幫我拿一盒草莓香蕉口味的嗎？」

艾爾頓遞給她一盒優格。

「你可以幫我撕掉鋁箔紙嗎？」

他瞪著她，說：「我要不要拿一根湯匙一口口餵你啊？」

貝絲也回瞪著他。她的下嘴唇開始顫抖，眼睛湧出淚水了。

艾爾頓感到一絲慚愧。「嗯，對不起，貝絲。來，我幫你撕掉鋁箔紙。不要哭啦，我是個大壞蛋，好了吧。」他打開了優格，拿給妹妹。

貝絲就讀二年級，每天和艾爾頓一起搭校車上下學。

今天下午放學回家的時候，艾爾頓甚至沒注意到妹妹呢，還好貝絲看到了他。

她擦擦眼睛，微笑一下，把優格接過去。「艾爾頓，沒關係。你不是壞蛋。你今天只是不開心罷了。在回家的校車上你都皺著眉。怎麼了嗎？」

「沒什麼。我只是……掉了某個東西，就這樣。」

她的臉亮了起來。「我找東西**非常**厲害唷。」

艾爾頓笑起來，說：「我知道你很厲害，不過我得自己把這東西找出來。」

「好吧。」她說。她吃了一口優格，然後加了一句：「如果你需要我幫忙，就告訴我。我不想看到你難過。」

艾爾頓拍拍她的頭。「謝啦！聽你這麼說讓我很高興。」他是真心這麼想的。

他媽媽這時喊著：「艾爾頓？你可以告訴我，為什麼海瑟要把傳給你的簡訊傳給我嗎？為什麼要傳到**我的**手機呢？」

「很簡單啊，」他也喊回去，嘴裡還有滿滿的優格，「因為**我的**笨手機不能收簡訊，記得嗎？如果我有自己的智慧型手機，有好一點的功能，那麼我就可以和其他六年級的學生一樣收到自己的簡訊了。這樣，我的口袋裡也就會有一個GPS接受器了。」

這話題在席格勒家裡最近可是很熱門唷。

媽媽這時來到廚房的走廊上，手裡還抓著她的手機。

「**所有的**其他六年級學生都有智慧型手機？每個人都有？」

「好吧，」艾爾頓說：「我做過調查，百分之七十二的人有智慧型手機。這樣幾乎就是四分之三了。而且不管數據是多少，我絕對應該要有一支自己的智慧型手機。我應該要有的。」

貝絲說：「如果艾爾頓得到新手機，那**我**也應該要有一支！」

艾爾頓說：「你連普通的手機都沒有啊。你知道二年級學生有手機的比例是多少嗎？幾乎是**零**。所以請你安靜好嗎？這是我跟媽之間的事情。」

「算了，」貝絲說：「那你也別想要我幫你找弄丟的東西。」為了強調這點，她狠狠的把一大匙優格放進嘴裡，然後轉頭背對著艾爾頓。

「東西？」他媽媽問：「你弄丟了什麼？」

艾爾頓盡量讓語氣顯得很平淡。「就幾張我畫的地圖啦。不過我想應該是一個和我一起上社會課的男生撿走了。等一下我要騎腳踏車去他家，把地圖拿回來。」

他媽媽說：「說到地圖，我寫了一篇關於利用電腦記帳程式的文章，投稿到《觀察者》雜誌去。我在那裡遇見吉拉德太太，她問我，你有沒有興趣畫一張關於這座小鎮歷史的地圖。她還記得那一張你送給她的候鳥地圖呢。她計畫在二月刊出一個特別報導，講述這座小鎮從一九〇三年到現在的轉變。」

艾爾頓很高興將話題轉開，他回答：「可以啊……你覺得她會付我錢嗎？」

「這個嘛，我想她會希望你可以義務幫忙。你上一張地圖並沒有跟她收錢啊。」

「媽，我那時才二年級耶，而且我是用蠟筆畫那張地圖的。畫這一張很困難，有一大堆細節……這會是一張真正的地圖。」

「我現在**就是**二年級，」貝絲這時說話了：「**我**畫的地圖全都是真的！」

「甜心，你當然都畫了真的地圖呀，」她媽媽回答著，再轉向艾爾頓說：「你應該打電話給她。如果你說的話有道理，她或許會願意付你一些錢的。」

「好吧，」艾爾頓說：「我可以借你的手機嗎？」

他媽媽瞪大眼看著他。「你現在要打電話給她？」

「不是，」艾爾頓回答：「我必須回簡訊給海瑟。我知道她想約我去找地理藏寶，可是今天下午不行。我不想打電話給她，因為她會跟我爭辯、會想說服我出去。」

他媽媽嘆了口氣，把手機拿給他，不過她仍然站在一旁，伸出去的手懸在那裡，隨時等他送出簡訊就要拿回來。

艾爾頓把手機還給媽媽時，說：「我要先上樓做功課，然後再騎腳踏車到昆特家拿回我的地圖。」

「昆特？哪一個昆特？」

「他們家有五胞胎嗎❶？」貝絲問。

「不，他沒有五胞胎的兄弟。」艾爾頓回答。

他再轉頭對媽媽說：「他的名字叫做昆特．哈里森。他住在小鎮的西邊，距離很近。我會戴頭盔、開車燈，頂多半小時就回來了，可以嗎？」

「好，但是你出門時要跟我說一聲。」

「我會的。」他說。

「你可不可以幫我問問他是不是有五胞胎兄弟啊？」貝絲說：

「拜託啦！」

艾爾頓拿起後背包的時候，朝她笑了一下。「當然可以。我會問他的。我保證。」

❶昆特的原文Quint，音近五胞胎的英文「quintuplet」。

7 向前進

艾爾頓騎在郡立道路一一四五線上往東的方向，傍晚的太陽把他的影子遠遠拋在前方。依照他的計算，他的腳踏車車輪每轉一圈，可以載他朝目的地前進六點九八英尺。他現在的速度是一小時十三英里，整段路程只有差不多二點五英里的距離；也就是說，他一下子就會騎到昆特家了，最多不會超過七分鐘的時間。

艾爾頓很喜歡他的腳踏車，有二十一段變速檔，兩個細瘦的輪胎裡灌滿一百磅的氣壓，因此騎起來非常輕鬆。住在伊利諾州最平坦的地方也有助於騎腳踏車更輕鬆。在這一片平坦的土地上，所有的道路不是南北向就是東西向，幾乎不可能迷路。他就是喜歡這種感覺。

此刻，他朝一個再簡單不過的路線前進：

在車道最尾端，左轉進入郡立道路一一四五線，北向。

朝東騎一點一三英里。

往左轉入郡立道路二一五〇線，東向。

朝北騎零點七八英里。

往右轉入西傑克森街。

繼續往東騎零點六三英里，

到達西傑克森街五二三三號。房子就在右手邊。

站在西傑克森街五二三三號的房子前，艾爾頓打算直接走到前門，敲門找昆特。

他想要讓昆特見到他的時候是一臉驚訝。他沒辦法確定昆特這時候會在家裡，但他特意計畫好在五點的時候抵達這裡，因此覺得自己見到昆特的機會很高。

當艾爾頓做出要轉彎的手勢，俐落的左轉到郡立道路二一五〇線時，心裡浮現一股熟悉的感覺；彷彿自己正騎過一張大如地球的地圖。

這種想法當然很幼稚。他房間牆上的伊利諾州地圖呈現了整個州縮小之後的模樣，包括了所有的道路、城鎮、河川、鐵路、州立公園和機場等所有事物，地圖上的一英寸實際上為地表的十二英里距離。但是，如果那張地圖是完全按照地表上的實際尺寸畫出來的呢？那麼，伊利諾州的**地圖**就會和伊利諾州整個面積完全一樣！

若要把**這張**地圖掛起來，需要和天空一樣巨大的牆面；如果要仔細觀賞這張地圖，就必須搭乘直升機之類的東西飛到天空去。還有，如果你要把這真實比例的地圖攤到地面上，使用它的唯一方法就是像現在這個樣子：直接在上面前進！這會整個擊潰地理地圖的概念。因為地圖原本的概念是用一個小符號、小象徵物代表一個廣大的區域，它讓你了解如何從一個點到另一個點，而**不需要**真正實際走一趟……

一輛載著穀物的大卡車以時速五十五英里的速度咻的衝過去，捲起來的疾風和灰塵讓艾爾頓一下子措手不及。腳踏車的前輪左右搖晃，腳踏車突然改變方向往他肩膀擠壓過來，艾爾頓猛拉兩邊的剎車，設法讓自己和腳踏車維持在柏油路上。

艾爾頓不再想像虛構的地圖，而是注意真實世界的道路狀況。

兩分鐘之後，他已經看不見農田了，取而代之的是哈柏葛羅鎮的街道，棋盤式的街道把整座鎮區分成一塊塊的街區，所有的房屋都有號碼，肩並肩的一字整齊排開。

三分鐘之後，艾爾頓轉進了西傑克森街五二三三號的車道上。他一直騎到房子前門口才停下來，把腳踏車擺在草坪上，脫下頭盔，大步走到門廊上，手指在門鈴上按了下去……然後他停住了。

我要說什麼呢？

他的開場白可以像這樣：「昆特，我們得談一談。」或是「聽著，我知道你拿了我的地圖，所以直接把它們交出來！」或是……或者他的口氣應該要強硬一些：「**嘿，現在就把地圖交出來，否則我就要畫一張你小到可憐的腦袋，裡面只裝了一堆無厘頭沒營養的**

話，然後再影印貼到學校每個角落！」

可惜他實在無法想像自己說出這些話。他吞了吞口水，把手指從門鈴上移開，再往後退了一步。

我得離開這裡！

在他移動腳步之前，門忽然打開了。

昆特滿臉的笑容。「**老兄！**哇，你怎麼會到這裡來？噢，等一等……啊哈！地圖！你**絕對**是看地圖找到這裡來的，對嗎？」

「嗯……沒錯，我……沒錯。」艾爾頓結結巴巴的說：「我是看地圖過來的。」

「那麼，你來這裡做什麼呢？」

艾爾頓直接望進昆特的眼睛裡。「你不知道我來這裡做什麼？你一點都不知道？」

「不知道啊，」昆特回答：「怎麼了？」

艾爾頓非常不擅長說謊，因此這使得他很容易辨識別人有沒有說謊。他看著昆特張大了嘴的表情，看不出任何東西，這張臉上沒有一絲不誠實的線索。

「那麼……你不知道我的地圖在哪裡了。就是我星期一在圖書館裡拿給你看的那些地圖啊？」

昆特搖搖頭，突然間，他的眼睛瞇了起來。「**哇**——你認為是我拿走了那些地圖？你是在說，我**偷**了地圖？老兄，我才不會做這種事呢！」

艾爾頓覺得自己的臉微微發燙。「呃，我只是必須來問問你，因為我怎麼都找不到……我每個地方都找過了。呃……我想你可能知道些什麼，就是只是這樣。」

昆特慢慢點著頭。「我完全了你的意思。不過，我從星期一以後就再也沒看過那些地圖。」然後他又笑了出來。「魏林老師的大腦……那張地圖真是**經典**耶！嘿，進來坐吧？我有事要問你。」

艾爾頓對突如其來的邀請感到很驚訝，不過他還是跟著昆特進了屋裡。

客廳的電視開著，昆特的拇指朝一位坐在沙發上的女孩比了一下，她看起來大概有十六、七歲。

「那是我姊姊。嘿，莉茲，這是小艾……我是說艾爾頓。學校的同學。」

那女孩只望過來半秒鐘，朝艾爾頓輕輕點個頭。

這時一個聲音傳了過來。「帶你的同學艾爾頓來廚房裡，介紹給你媽和我看看啊！」

昆特走到廚房的通道上，說：「這是我媽和我爸。這是艾爾頓・席格勒。」

昆特的媽媽坐在餐桌旁，面對一台筆記電腦，他爸爸則站在瓦斯爐旁，正在攪拌一鍋聞起來像燉湯之類的東西。

艾爾頓感到有點尷尬，不過還是努力擠出了微笑。「很高興見到你們。」

「我們也很高興見到你。」他的媽媽說：「你住這附近嗎？」

「不算太遠，」艾爾頓回答：「從郡立道路一一四五往西一直走就到了。我是騎腳踏車過來的。」

「知道嗎，我想我去年在家長教師聯誼會的書展上見過你爸媽唷。你還有一個妹妹，我沒記錯吧？」

艾爾頓點點頭。「我妹妹叫貝絲，她今年讀二年級。」

「聽起來挺不錯的。」昆特說：「想不想交換？」

他的姊姊從客廳喊過來：「昆蟲，我聽見了唷。」

他也喊回去：「荔枝，我**本來**就是要讓你聽見啊。」

「夠了！」昆特的媽媽說話。

昆特說：「聽著，媽，我有學校的事情要問艾爾頓，好嗎？」

他媽媽還是氣定神閒的態度，說：「艾爾，你要不要留下來吃晚飯？」

「嗯，謝謝了，不過我還得騎腳踏車回家。明天還要上課，不能在外面太久。」

「那麼就改天了，好嗎？」

「當然……謝謝。」

「我們往這邊走。」昆特一邊說，一邊領著艾爾頓走回去穿過客廳，往前門邊的樓梯走上去。

昆特的房間在左手邊的第一間臥室。艾爾頓不知道自己期待看到什麼樣子，但是他看見的卻和想像的差太遠。昆特房間裡堆滿了書，還有模型火車，以及塑膠恐龍。還要再加上一堆石頭和一把看起來很致命的榔頭躺在四、五本關於地質學和礦物的書本旁邊。

艾爾頓瞥見了書架最上面有七把小型刀子，整齊的排成一列，有些看起來頗舊了。刀子旁邊則是一堆生鏽的鐵軌道釘。他還看見一根登山杖斜靠在角落。床鋪則是一團混亂，上面堆了衣服、鞋子，但這實在**不該**是一個沉迷電動玩具或者老愛看Nick at Nite頻道重播節目的小孩會住的房間。會有這些想像，全是因為昆特老愛說那些流行語、火星語。

昆特此刻靠在一張顯然被他用來當成書桌的大桌子旁。

「老兄，看看這東西。我開始寫下以前用來穿越伊利諾州的鐵路清單，接著我發現了所有這些被廢棄不用的路基。我知道這張地圖看起來很遜，但是如果你能想到什麼方法讓它變得活潑有趣一些，就會是一張很酷的地圖。」

艾爾頓仔細看了看。昆特目前有的只是一張紙，上面描出伊利諾州的形狀：六、七個主要城市被擺在還算正確的位置上，然後他用了半打的彩色麥克筆畫出不同區段的廢棄鐵軌。他還用極細黑筆在上面一一寫出名稱。他的資料則是來自七、八張從網站上找到、列印出來的地圖。

「哇——我不知道這裡有這麼多廢棄的鐵道呢！」

「是啊，我知道，很誇張，對吧？目前看起來，伊利諾州有超過一千英里的鐵軌，我還不斷發現新的，簡直是大開眼界呢！」

艾爾頓也開了眼界。消化眼前一大堆新資訊總會讓他感覺好像快要迷失了，這種**感覺**就會讓他想要把所有東西在地圖上好好整理一番，因為這些資訊可以用很多不同的方式呈現出來。首先，必須要有一個清楚易懂的……

昆特打斷他的思緒。「看到我在這裡標出來的一截綠線嗎？」他把手指放在一條線上，看起來像是香檳郡的南邊。「我和我爸今年夏天到這裡健行，沿著沃巴什老鐵道走了九英里。」

艾爾頓朝著書架點一點頭。「你就是在那裡找到那些鐵路道釘的嗎？」

「沒錯。」昆特走過去，取了一根下來。「這個……一百五十年前，有人用一根超大的槌子把這東西釘進一大塊木頭裡，好讓鐵軌穩固。你知道有誰曾經穿過那些鐵路嗎？亞伯拉罕·林肯！酷呆了，對吧？」

「是呀，很酷。」艾爾頓也說：「真的很了不起。」

「拿去。」昆特把鐵路道釘拿給他，然後說：「你想不想要？我有一堆呢。」

「真的嗎？」艾爾頓說：「謝謝了！」

「聽好了，」昆特說：「我已經問過特洛伊老師，我能不能把這些東西做成一個計畫，當成我的期末報告。他說這樣挺酷的。所以說，你想不想跟我一起做這計畫？」

說到學校，這首先讓艾爾頓想起他來這裡的原因。

「嗯，好啊，」艾爾頓回答：「一定會很棒……只不過，我真的得先把不見的地圖找回來。」

「老兄，我一定會幫你完成這件事的，就好像我們是私家偵探一樣，在偵查一件『失蹤地圖懸案』。我們一定要好好給那些偷走地圖的人一點顏色瞧瞧，**砰砰！**」

艾爾頓不知道該說什麼。他真的想跟一個他根本不熟的學生搭檔做報告？這傢伙連話都說不好耶？不過，有人幫忙總不是壞事，而且昆特顯然已經比艾爾頓想像的還要聰明很多。

「嗯……好吧，」他說：「這聽起來還不錯。不過現在，我得在天色更暗之前趕緊回家了。」

他們走下樓梯，昆特的爸爸聽見他們走到前門口。「艾爾頓，再見了。」他從廚房裡喊著。

昆特的媽媽又加上了一句：「很高興認識你唷，希望你再來我們家玩。」

「謝謝。」艾爾頓喊回去：「我也很高興認識你們。」

昆特的姊姊還是在沙發上坐著，一雙眼睛沒離開過電視。

他們兩人走到外面去，艾爾頓把腳踏車從草坪上立起來。

「嘿，你知道嗎？」昆特說：「首先，你應該先畫一個你帶著那些地圖去過所有地方的地圖，就像是『地圖的地圖』，了嗎？」他遞給艾爾頓一張小紙片，說：「拿去，這是我的手機號碼，這樣我們就可以傳簡訊了。」

「也對。」艾爾頓說。他覺得自己尷尬到不知道該怎麼告訴昆特，他的手機不能收發簡訊。

他把鐵路道釘和那紙片放進夾克的口袋裡，然後戴上頭盔，打開腳踏車上的夜燈。

昆特說：「聽好，我很高興你來找我。雖然說，你懷疑我偷拿了你的地圖。」

「對，」艾爾頓回答：「我很抱歉。」但接著他記起了一件事情。「我接下來要說的話可能聽起來很怪異，不過，你該不會有五胞胎的兄弟姊妹吧？」

「什麼？當然沒有。」

艾爾頓笑了笑。「我妹妹要我問你這件事。」

昆特大笑出來。「這些小鬼還真是**怪得很酷**呢！」

艾爾頓說：「那麼，明天見了……謝謝你送我那根鐵路道釘。」

「不用客氣啦。明見了，老兄。」

「明見了。」艾爾頓說。

艾爾頓騎著腳踏車溜下車道的時候，發現自己剛才說了這輩子說過最無厘頭的話。

事實上，這感覺還挺……正常的。

8 神祕的接觸

整個星期二晚上，有一個問題不斷在艾爾頓腦袋裡重重踩著。等到星期三早上他醒來的時候，那問題仍然來回不斷在腦中踱步：**如果昆特沒拿走資料夾，那麼……會是誰呢？**他又要怎麼知道該從哪裡找出答案？

結果，答案主動來找他。

他在自己班級教室外面準備把後背包和運動鞋放好時，一眼瞥見自己的置物櫃上面擺著一個白色信封。信封開口沒有黏起來。他拿起來往裡面看，心跳差點停住了。裡面有一張白紙，紙上貼了很多一個個從雜誌、報紙剪下來的字：

遺失了什麼東西嗎？

照著指示做，否則……

我會再聯絡你

艾爾頓把信封**啪**的一下壓在兩隻手心中。他的心臟開始咚咚狂跳，嘴巴覺得乾澀。

他往四處看了一下，沒有人在看他。

他站在置物櫃旁邊試著去思考、分析這個訊息，想要弄清楚那代表什麼意思。然後，他發現自己最好還是先試著正常呼吸。

他快速的吸了一口氣，再瞄一眼信封裡的訊息。很快的，他注意到那些字並非真的是「剪」下來的，而是一種故意設計成這樣的字體。

訊息包含了三個部分：一個問題、一句威脅和一個承諾。

艾爾頓看了一下時鐘，再過四分鐘上課鈴就要響了。他把信封塞進褲子後面的口袋裡，匆忙走到走廊上，從左邊往右掃視一遍，沒看見昆特的人影。

他走到特洛伊老師的教室門外往裡面一看，看見了昆特，然後直接走進去。他走到一群男孩面前，試著讓自己看起來一派輕鬆的樣子對大家點點頭，然後說：「嘿，昆特，記得那個……報告嗎？呃，我們可以談一下嗎？」

「沒——問——題！」

艾爾頓說：「我的意思是……到魏林老師的教室裡面談？」

昆特點點頭。「好。」他對其他男孩說：「等見了。」

等兩人走到走廊上，艾爾頓說：「看看這東西，但是不要有任何反應，懂嗎？看就好了。」

他拿出信封，把開口打開，好讓昆特看見裡面的東西。昆特的眼睛一下張得好大，艾爾頓立刻又把信封塞回褲子後面口袋。

「哇！這真是……**哇**！」昆特小聲說道：「你知道那是什麼，對吧？那**絕絕對對**是……綁架字條耶！」

「我知道！」

昆特往他肩膀後方看了一下。「那個送字條給你的老兄**現在**搞不好就在監視我們呢！說不定……也可能是**女生**做的！所以，你要怎麼做？」

艾爾頓聳聳肩。「我**可以**做的也不多吧。我想我也只能等了。等綁架我的綁匪進一步的指示。」

「綁架你的綁匪？」昆特搖著頭說：「不對唷，老兄。我們這裡出現的是**地圖綁匪**！」

「也對。」艾爾頓說，然後自己忍不住也笑了一下。

昆特又轉頭看一看。「我想到一個辦法，仔細聽好了。你沒有讓我看地圖綁匪給你的任何東西，因此沒有任何人看見你拿給我看過，懂嗎？這樣的話，我就可以當祕密線人。某一個傢伙會監視**你**，而我則會監視**那個監視者**。超酷的，對吧？」

「好辦法。」艾爾頓回答：「不過……那個鐵路報告怎麼辦？」

「我們還是可以做啊。這又給了我一個靈感。」昆特往四周看了一下，然後以他的實際音量再乘以六倍說話。他說：「嗯，這樣挺酷的，艾爾頓。我們可以在上社會課的時候向特洛伊老師提起這個鐵路報告。然後我們可以在午餐時多討論一些，好嗎？」

昆特實在很不會演戲，不過艾爾頓還是配合演出。

他點點頭，用和昆特一樣宏亮的聲音回答：「好啊，我想到一些方法可以把所有的資訊整合起來。」

艾爾頓自己也演得超級糟糕。

這一幕還需要點結尾，因此昆特又說：「那太棒了。老兄，等會見了。」

「好的……再見。」

艾爾頓回到魏林老師的教室去，感覺自己有點蠢。

不過他還是暗自希望自己和昆特在走廊上演的那一齣傻戲會產生效果。如果昆特真的能暗中觀察，或許也是一件好事。

他回到自己的置物櫃前拿第一節和第二節課需要的東西，再看了一眼櫃子上方一眼。沒有任何信封。

他在位子上坐下來，感覺怪異且不自然，有點像是在自己的生日派對上一樣。因為不管拿走地圖的人是誰，此刻很可能正在注視著他。在這一刻，**他**是某人注意的焦點，就像一隻在顯微鏡下的蟲子……或是像先前那些被自己觀察的老師或學生一樣；他看著他們，收集資訊，好畫成地圖收進資料夾裡，只不過他們沒有任何人知道有人在觀察他們。這樣就跟眼前的情形完全不一樣了……至少有很大的不同……這樣說有道理嗎？他自己也不確定。

他唯一**確定**的事情是**什麼**呢？就是地圖綁匪會再給他新的訊息。他希望這件事快點到來。

結果也的確如此。

如何解決？

艾爾頓的第二節課是在特洛伊老師的教室上課。他本來應該要閱讀一篇故事，準備做閱讀測驗，但是他拿了一張小紙片，把那些地圖被擺放過的所有位置畫成地圖。這其實是昆特的點子。他正在搜索自己的記憶，好確定自己沒有把順序搞錯。

當羅麥絲太太在星期一把他們趕出圖書館的時候，他把所有東西都收進背包，然後他和昆特直接走到外面的操場。不過他們在那裡只待了三分鐘左右，他就回到自己的教室把書包放下來，拿起運動鞋。想到這裡，他靈光一閃。

所以說……有誰會知道他的後背包裡放了一個地圖資料夾，然後還把後背包擺在置物櫃裡呢？那一**定**是某個在圖書館裡的人。或許是某一個……突然間，他想起來了。**當然**！就是坐在兩張桌子外的那一群女生！當昆特笑得像隻鬣狗時，那些女生當時就在**那裡**，她們還轉過頭來瞪著他呢！

不過艾爾頓記不起她們任何一個人的名字，甚至她們的臉，有的也只是模糊的印象。

他寫了字條，打算在第三節的數學課問昆特這件事。不對，他得等到中午吃飯的時候才能把字條拿給他。他們不能讓任何人掌握到線索，知道他們兩人在聯手解決這件事。

他看了看時鐘，知道自己得趕快唸老師交代的文章了。他把手上的素描摺起來，塞進自己正在唸的故事讀本裡。就在這時候，他注意到了。

有一樣東西在書的後半部分突出了大約一公分的高度，他這一次看得非常清楚，是一個白色信封！

艾爾頓沒有倒抽一口氣，不過他的呼吸變快、變急促。他想要轉頭看看四周，看清楚每一個學生的臉，只要他發現一抹隱藏不住的微笑或是抽動或是目光，就足以讓他認出那個地圖綁匪。

不過他沒有這麼做。

他把故事讀本在書桌上放平，然後把信封朝自己的方向、從書頁之間慢慢抽出來。同樣的白色商業信封，開口部分仍然沒有密封起來。

他把信封緊貼在肚子上，撐開封口，往裡面瞄：

怎麼做呢？

1. 你會收到指示。

2. 達成指示，你就會拿回一張地圖。

如果你沒達成？

全部的地圖就會對外公開。

艾爾頓覺得自己的臉都要燒起來了。這已經不再只是地圖綁架的案子，不，這個人真正要說的是：「照我說的去做，否則等著瞧！」這是勒索！

還沒完呢，第二張紙上還有字：

第一項指示：

不准再穿任何有地圖圖案的T恤

從「今天」的體育課之後開始。

什麼？

穿不一樣的T恤？從**今天**開始？！這也太離譜了！

勒德羅老師辦公室裡有一個「失物招領」的籃子……所以說，他只要在自己這件正面有紐約地鐵地圖的T恤上潑一些水，他很確定體育老師會讓他從那裡面挑一件衣服來換。

但真正的問題不在這裡。

真正的問題在於那資料夾裡面至少有十張地圖！如果**這**是第一項指示，誰知道後面還會有什麼更誇張的指示啊。

但是我又能做些什麼呢？

艾爾頓做了自己當下唯一**能**做的一件事：他咬著牙，不斷的動著腦筋。

等到他開始唸該唸的文章時，他對自己許下承諾：**我會找出做這件事的人，等到我把所有的地圖全拿回來之後！我絕對會要他付出代價！**

10 擴大效應

昆特一下子就唸出了這些名字：「凱莉、潔克琳、凱瑟琳和伊蓮娜。」

艾爾頓瞪眼看著他，然後說：「你百分之百確定，她們就是星期一午餐時間在圖書館裡的那些女生？」

昆特揚起一邊的眉毛，微笑著說：「老兄，我一**直**都很注意女生……因為她們總是在注意我啊。」

他們兩人壓低音量小聲說話。這是第七堂課，特洛伊老師已經准許他們利用最後十分鐘，在教室後面研究鐵路報告。

關於昆特剛剛所說和女生有關的這句話，艾爾頓決定不做任何評論。

「好，」他說：「關於你注意到的這些女孩，你覺得如何？你覺得送字條給我的人可能是她們其中之一嗎？」

昆特聳聳肩。「老兄，我是知道她們的**名字**，但這不表示我們會彼此說話聊天之類的。不過，她們絕對看見我在那裡大笑，她們也一定看見你把東西收起來。所以說，沒錯，有可能是她們；我的意思是說，還有可能是誰？」

艾爾頓努力想擠出一個答案。「但是如果你必須挑其中一個**可能**會做這種事的人，那麼會是哪一個？」

「嗯，做這種事情的人很聰明……因此不太會是潔克琳。然後個性還要很強悍，這樣就要刪掉凱莉。這個人一定也有一點幽默感。所以如果真的是這四個女生當中的一個，就一定是伊蓮娜。沒錯，伊蓮娜……絕對是她。」

艾爾頓慢慢點頭。「幽默、強悍還有聰明……我可以想像得出來。四年級的時候，我被分到和伊蓮娜合作一個關於蘇俄的報告。她要我一人做完整份報告，還嘲笑我幹嘛那麼認真的畫報告當中的地圖，然後她還告訴我怎麼做可以讓那張地圖更好看。」

昆特微笑了。「沒錯，她就是那個樣子。」

艾爾頓可笑不出來。「伊蓮娜……這麼說倒是有道理。在那些地圖裡面，我畫了一張地圖取笑她有多麼愛噴味道強烈的香水。」

昆特一邊聰明的點點頭，一邊說：「對，這樣子幾幾乎就能確定了。去年，在中學部那邊，有個傢伙取笑我姊的鞋子。後來呢，那傢伙很後悔自己做了這件事，他可是後悔了整整一個月。」然後他又加了一句：「當然啦，這四個女生**有可能**全都參與這件事，而伊蓮娜則是策畫這一切的人。」

兩個人沉默了一會。昆特又說話了：「說真的，就算我們確定伊蓮娜或是她們所有人做了這件事，有這麼重要嗎？**有一個人**拿走你的地圖，除非你完成這些愚蠢的指示，不然**這個人**就會把地圖的事情全部爆開。就算是這樣，事情會有多糟呢？幹嘛不直接要對方秀出底牌，讓這些地圖流出去呢？有些人是會不高興，在那裡鬼叫鬼叫的，然後整件事就過去了啊。就這麼簡單。不過就是一堆地圖嘛，對吧？」

艾爾頓臉上那種痛苦的表情讓昆特的話硬生生停了下來。

「老兄，怎麼了……我哪裡說錯了嗎？」他小聲說。

艾爾頓謹慎的說出下面的話：「嗯……關於那些地圖？如果讓那些地圖流出去，又沒有加上解釋，有些人會很不高興，就跟伊蓮娜一樣，只不過他們的感覺可能會更糟。他們會覺得自己被傷害，可能會非常生氣。我們說的不是一、兩個人，而是一**大堆**人。」艾爾頓停了一下，繼續說：「甚至連你都可能生氣。」

「**我**？我也在那些地圖裡？**酷**！告訴我，我在哪張圖裡面？」

「你知道什麼叫做『文氏圖』嗎？」艾爾頓問。

「當然，就是一堆的圓圈，對嗎？圓圈彼此相互重疊。呃，每個圓圈各是一類，有重疊的地方就表示那些圓圈有共同的部分。」

「一點也沒錯。」艾爾頓回答的同時，再次提醒自己，昆特真的很聰明呢。「嗯，我畫了一張地圖，畫出午餐時間最受歡迎的六年級生有哪些人。我用了文氏圖。只不過，那些圓圈不是線條畫出來的，而是一個字一個字連起來的。你的部分，在圓圈的最中央，也就是人氣最高的學生群裡面。那個圈住你和你朋友的圓圈寫著：**酷、了不起、非常受歡迎、萬人迷、看看我們、我們很了不起、注意我們、你們只能做夢吧、我們愛自己、討人喜歡又帥氣、你好啊，廢物……**之類的字眼。」

昆特做了個鬼臉，說：「老兄，那些字眼有點刺耳耶。」他看著艾爾頓說：「所以說……你認為我就是這樣的人？」

艾爾頓搖搖頭。「不，絕對不是……我是說，我不再這麼認為了。不過幾天以前，我是這麼認為的。因為我自己呢，我的名字在最外邊的圓圈裡，和一群其他怪咖學生寫在一起。圍繞著我們的圓圈上寫著：**不算真正屬於這裡、幾乎是隱形人、沒人關心、等著看、不用理會我們、沒人注意的學生……**之類的字。從那個遠在邊緣的圈圈看向那些受歡迎的學生，那些形容他們的字眼其實都是猜測出來的。因為你的圈子和我的圈子……根本沒有交集，連靠近一點都不可能。」

「**哇**！你的話很深奧唷，老兄。非常**深**呢。」昆特想了一會，之後又說：「但我必須說，你有些事情錯得……太離譜了。我是說，我可能**看起來**很受歡迎還有其他你寫那些之類的，但是，我跟那些學生根本也不算同一掛。我們只是在學校一起玩、聊天說笑而已。在教室裡，我**看起來**像是屬於那個圈子，但我其實只是一個客人。」突然，他舉起一隻手，兩隻眼睛瞪得好大。「等一等……這可是重要的想法！**搞不好**你那些地圖真的**需要**散布出去！讓所有學生好好想一想。呃，老兄，這或許就是你的任務，就像佛教說的宿命……或是之類的東西。讓學生去思考這一類的事情！應該要把那些地圖全部散出去，愈快愈好！」

艾爾頓搖著頭，說：「相信我，不會有好結果的。」

「為什麼？」

艾爾頓深吸了一口氣，他告訴昆特關於「哪個學生喜歡誰、哪個學生討厭誰」的地圖、關於「父母離婚」的地圖、「哪個老師喜歡大吼和皺眉」的地圖、「校長說了幾次『嗯』」的地圖、「學生在哪幾科考試最容易作弊」等地圖的細節。以及「自助餐菜色和學生上廁所次數之比較」的地圖、「學校可聞到的二十九種氣味」地圖、「老師髮色和光頭」的地圖；當然了，其中還有「魏林老師的大腦」地圖。

等到艾爾頓停下來之後，昆特看起來有點目瞪口呆。「我懂你的意思了。如果**所有的**地圖全部一下子流了出去，後果可能會非常的難看。」

「我知道，」艾爾頓說：「我知道。我覺得好玩而編了這些地圖漫畫，只是開玩笑的。我並沒有打算要把它們拿給任何人看。我其實也**不應該**拿給你看。」

「既然這樣……那你為什麼還是拿給我看呢？」

在艾爾頓回答之前，昆特又說話了：「**哦**——我知道了！因為你以為我是又酷又受歡迎、了不起的萬人迷……而不是**真實世界中**那個只有一點受歡迎、喜歡收集恐龍和鐵軌道釘的書呆子。是這樣子嗎？」

艾爾頓心虛的笑了笑。「沒錯。犯錯必須贖罪，現在我得為我的錯誤付出代價了。」

昆特咧嘴一笑。「這個嘛，從好的一面來看，你身上穿的這一件T恤還真是**了不起**的好看！」

艾爾頓看起來像是要朝昆特的手臂揮過去，不過他把拳頭收了回來。他從勒德羅老師在體育館辦公室的「失物招領」簍子裡挑出這件螢光綠的T恤，兩邊的袖子從胳肢窩以下的部分都被剪掉了。

艾爾頓搖著頭。「我這輩子還不曾有過任何這種顏色的東西，除了吃過一片這顏色的口香糖以外。」

「我猜，地圖綁匪看到你這模樣一定會笑翻了！」

艾爾頓說：「嘿，知道嗎？你猜上完體育課之後，我看到誰指著我這件T恤笑個不停？」

昆特聳聳肩。「誰？」

「伊蓮娜。」

「太**誇張**了！」

「**噓**——**！**」艾爾頓往四周看了一下。特洛伊老師正對著他們皺眉。「聽著，我們真的需要做一點和這鐵道報告有關的事情，而且我們只剩下五分鐘。你有帶那一張你畫的地圖嗎？」

「有啊。」昆特從後背包拉出筆記板。「它就在……**哇！**」

艾爾頓看見昆特看見的東西了。一個乾淨的白色信封，就夾在銀色大夾子下面。

「嗯……」艾爾頓慢慢說：「看起來我們可以停止假裝你跟『找回地圖小組』沒有關係了。」

昆特點頭。「沒錯，我的祕密身分……絕對已經被識破了。」

艾爾頓說：「打開吧。」

昆特的手指把訊息從信封抽出來的時候，仍然忍不住輕輕搖頭。他們兩人靜靜的讀著訊息。

艾爾頓，**T恤**挺好看的。沒有地圖的確是一件好事。

還給你第一張地圖。就在昆特的置物櫃裡。

還有很多張等你拿回去。

下一個指示：

明天到班級教室上課之前，去找布克利校長，告訴她，她說「嗯」的次數太多了。

祝你和她的談話一切順利。

昆特小聲說：「你要對布克利校長說**這件事**？想到就**恐怖**！你要怎麼告訴她啊？」

艾爾頓拿起訊息，放回信封裡面。「還不知道，」他笑著說：

「不過我會想到辦法的……因為我必須這麼做啊。」

昆特說：「老兄，我要說的可能不中聽……不過聽著，我可以和你一起去校長辦公室……親眼看整個過程？」

艾爾頓微笑說：「當然可以。萬一布克利校長用她的公事包砸我的頭，我可能還需要目擊證人呢。」

「酷耶！算我一份！」

等到鈴聲響起來，艾爾頓開始收東西。他很確定明天早上和布克利校長的談話一**點都不會**酷到哪裡去。

絕對確定。

11 不可能的任務

我肚子餓死了！

在艾爾頓朝廚房走兩步之前，他停了下來。因為他剛剛**用**了誇張的口氣說話，他一向就討厭誇張的言語。他**從來不曾**餓過肚子，甚至根本不是很清楚餓肚子的滋味，一天都沒有。

冰箱裡的玻璃水果碗裡有切好的柳橙、蘋果和香蕉。他看得出來媽媽是在一個小時前才準備了這些水果，因為那些香蕉都還沒開始變黃。

他兩隻手捧著水果碗的時候，貝絲說：「你可以幫我拿一個藍莓優格嗎？」

「當然可以。」他回答，放下水果碗，拿了一個優格出來。沒等妹妹開口，他就撕掉了錫箔紙，帶著微笑遞給貝絲。

「謝謝。」

「不客氣。」

艾爾頓把水果碗放到餐桌上，從抽屜拿出一支舀湯的大湯匙，他坐下來，把水果碗上的保鮮膜拿掉，開始邊挖邊吃。滋味**真是**美好啊！

他吃到第五口的時候，媽媽走進了廚房，說：「有大消息唷！我……」她停下來，兩眼瞪得很大。「艾爾頓！你真的覺得這一**整碗**水果是只給你一個人吃的嗎？真是的，你真以為我們是住在哪裡的洞穴嗎？去拿你的早餐碗過來，分裝合理的份量到碗裡，然後把剩下的水果放回冰箱。**現在就去！**」

艾爾頓說：「噢，好。對不起。我只是快餓……很餓了。」

等到他再度坐下來，媽媽說：「我剛才正要告訴你，我今天買了一支新手機。」

艾爾頓的嘴巴張得好大，把吃水果的事全忘得一乾二淨，甚至可以清楚看見他嘴裡還有些咀嚼過的水果。

「我有了新手機？一**支新手機**？太棒了！這簡直是……」

「等一下，」媽媽打斷他的話：「艾爾頓，你沒在聽我說話。我說，**我**買了一支新手機，不過這也表示我現在有一支**舊**手機，我和你爸都同意讓你使用這支舊手機。手機店裡的小姐已經把手機設定好，你只要把你現在手機裡面的SIM卡拿出來，放進舊手機就可以了。你裝完之後，就**立刻**打給海瑟、小薇和克里斯多福，告訴他們每一個人，**不要**再傳簡訊到**我的**號碼了，好嗎？」

他媽媽把自己的舊手機拿出來，交給艾爾頓。

艾爾頓接過來，兩隻手握得很緊，生怕媽媽會突然改變心意，想要再把手機搶回去。

「媽，這**簡直**是太棒了！真的，這真是太棒……謝謝！」他跳下椅子，用力擁抱媽媽，一隻手仍然緊握著手機不放。

貝絲的眼睛也張大了。「所以說……我現在可以用艾爾頓的舊手機了，對嗎？」

媽媽搖搖頭。「親愛的，還不行唷。很抱歉，不過你得等到四年級。這是我們家的規矩。」

「這規矩很**爛**。」

儘管艾爾頓覺得對貝絲有些抱歉，不過他還是保持著笑容。因為他知道貝絲發起的這場爭論至少還得吵上兩年呢。

艾爾頓大口吃完剩下的水果，然後離開廚房，小跑步上樓梯，跑回到自己的房間。

他對於媽媽這支手機的裡裡外外早就已經摸熟了，也很確定自己懂得比媽媽還要多得多。這支手機用了差不多兩年，不過有明亮的超大觸控螢幕、容易操作的按鈕和一個相當不錯的GPS應用程式，跟他過去一年半來使用的手提GPS導航機同樣精確。這支手機的天線收到的衛星訊號更好、更清楚。

他幾乎是立刻就插入自己原來的SIM卡，重新開機。所有的聯絡人資料出現了，雖然說不是很多。這可以說是正式的宣告：這支手機從現在開始屬於**他**了！

他拿到這支手機非常興奮，因此在接下來的半小時裡，很開心的把所有設定改成自己喜歡的樣子。不過明天早上要跟布克利校長見面的事仍然懸在他心頭，就像是一朵大烏雲。

艾爾頓啟動手機裡的Google Earth應用程式，調整各種設定。他移動著影像，一直到出現哈柏葛羅全鎮上方的畫面為止。接著，他再持續放大、放大，直到畫面顯示哈柏小學的屋頂上方。他知道校長辦公室的準確位置在哪裡，就在學校前半部、靠近車道的地方。等到他把畫面調整到螢幕正中央之後，他在一張黃色記事卡片寫下了校長辦公室的緯度和經度。

這麼做看起來有些蠢，不過看見數字組合的熟悉感確實讓他感覺好了許多。他現在能**清楚**知道明天早上去班級教室上課前，會坐在哪裡。

不過他卻不知道自己該說些什麼。你要怎麼樣告訴像布克利校長這樣的大人，她說話的時候出現太多的「嗯」？這根本就是不可能達成的任務。

不過他又有一個樂觀的想法：伊蓮娜或是她那些同夥要怎麼知道他會跟校長說**什麼**呢？沒錯，某一個人只要往辦公室裡面看進去，就會知道他到底有沒有跟布克利校長說話。但是她們絕不可能知道，他到底跟校長說了什麼，除非她們也在辦公室裡面！

突然，一個恐怖的想法襲上心頭，差一點讓他呼吸不過來：唯一**會**和他一起坐在校長辦公室的小孩是昆特，對方還特別問他可不可以跟著去！這麼說……昆特還是有參與這整個陰謀？他會不會真的是說謊天才？或者他才是在幕後操縱一切的人，設計這麼一個大型的惡作劇，然後再講給他的朋友聽？

看看我這樣子！艾爾頓想著，**我真要被這件事情完全搞瘋了！昆特是個好人，我很清楚這一點！**

即使如此，他對於昆特的懷疑還是不肯消失，至少沒有完全消失。即使有了智慧型手機也沒辦法讓他的心情輕鬆起來。

除非他願意冒險讓那些地圖流出去，傷害到很多人，不然他只能接受「地圖綁匪就是**有辦法**監視他」的結論，也會知道他到底有沒有向布克利校長提到她說話老是會**「嗯」個不停**的情形。

艾爾頓放下他的手機，拿起書桌上的黃色卡片，兩隻眼睛直盯著剛才寫下來的GPS座標。

校長辦公室是明天早上一定要去的特別目的地，他再怎麼想辦法也無法改變這事實了。

12 嗯……奇蹟？

艾爾頓·席格勒忍不住好奇的想，其他學校的校長辦公室是不是和布克利校長的辦公室一樣。他不知道答案。在他這輩子裡，這是他唯一見過的校長辦公室。

艾爾頓突然希望自己此刻是坐在車子裡旅行，這樣子他就可以在全國每座城鎮的每間小學停下來，可以把**每一間**校長辦公室拍下來，然後再把這些資訊畫成地圖……像是牆壁上掛了多少照片或是海報、書桌上擺了多少張孩子或是寵物或是另一半的照片……還有，其他校長的辦公室也都會掛著美國國旗和該州的州旗嗎？

他可以計算有多少校長的椅子是皮椅、布椅、木椅，或是和布克利校長書桌後方的時髦塑膠鋼腳椅一樣。他可以計算每間校長辦公室裡有多少張多出來的椅子。這辦公室裡面有六張，每一張椅子都是正方形的鋼鐵骨架，上面則是布面椅墊……這讓他想起自己還真的希望這些椅子全是鋼鐵骨架，因為他心裡已經想好了一個好玩的地理藏寶計畫。他只不過觀察了校長辦公室五秒的時間，就產生了前面這一大堆想法。

艾爾頓坐在校長書桌左邊椅子上，昆特則坐在右邊椅子，角落還有另外四張椅子。

他注視著那個角落，心裡算好了這間辦公室是正方形，每一邊大約十五英尺。如果他真的有機會去參觀**其他學校**的**校長**辦公室的話，他可以看出哪些辦公室是正方形、哪些則是長方形；或許還有其他形狀的辦公室，像是圓形、橢圓形……搞不好還有一、兩個六角形辦公室。

他也可以知道有多少間辦公室有結實的牆和門，有多少間有玻璃牆和玻璃門。布克利校長的窗戶有面向戶外、面向辦公室，還有面向走廊的，所有這些玻璃讓她的辦公室像是一個魚缸一樣。他和昆特坐在這座魚缸的正中央，面對空蕩的書桌已經有三分鐘之久。祕書之前告訴他們坐在裡面等她。

艾爾頓瞥了一眼自己在大書桌後方窗戶上的反射影像。他身上的灰色T恤正面是一片空白，沒有任何地圖。伊蓮娜或是她那幫人可能正在班級教室外面等著，要確定他有遵守她的指示。他緊咬著上下兩排牙齒，咬到他的下巴都痛了。

那個女生將會希望自己一開始就沒做這些事！

接著，艾爾頓想起來，自己才是引發這一切事情的人，誰叫他禁不起誘惑要把地圖拿給昆特看。

「喂，」昆特低聲說：「我覺得和你一起進來這裡是個大錯誤耶。也許我該走了，對嗎？」

艾爾頓斜眼看了他。這問題其實讓他非常高興，這證明了昆特並不是這個「證實他到底跟校長說了什麼話」陰謀裡的一部分。

「如果你想離開，沒問題。沒道理讓我們兩個都惹上麻煩。你可以先走。」

不過昆特沒這機會了。

「早安啊，同學們。」

布克利校長像旋風一樣走進來，她把帽子、手套放到桌上，然

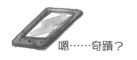

後坐進椅子裡。她先往後傾了一下，再往前把身體靠在桌上，微笑著先看了昆特一眼，再移向艾爾頓。她身上還穿著外套。

「艾雪敦太太說，你們有事要找我談。在最後一班校車抵達之前，我只有一分鐘的時間，不過我還是會盡力幫忙。你們有什麼事情呢？」

艾爾頓先吞了吞口水，才說：「嗯，布克利校長，我想請問您一個問題。」

在他說完這句子不到一秒的時間，速度比光速還要快，他的心裡閃過一絲驚慌。

我來這裡是要問她為什麼話裡這麼多「嗯」，結果自己開口的第一個字是什麼？嗯！

但更快的是，一個辦法突然浮上心頭。

他再度吞了口水，說：「嗯，我想要問您一件事，這問題可能有一點奇怪。因為，嗯，有時候當我必須說話，然後又說得卡卡的時候，我都會說『嗯』。我注意到……嗯，在早上的廣播時段啊，嗯，您也會這樣子。我……我想知道您是否知道自己為什麼會那樣子……嗯，您為什麼動不動就會說『嗯』？」

布克利校長的臉一下子就漲得通紅，紅到艾爾頓在那瞬間認為她就要開口朝自己大吼，音量可能會大到房間所有玻璃都會震碎，散落成閃亮的一堆碎片。

但接著，他看見了答案。她並沒有發怒，看來更像是尷尬。

布克利校長清了清喉嚨。「這個嘛……艾爾頓，這個問題很有觀察力。嗯……我能告訴你的是，我自己這些年來也有注意到這個……問題，我也愈來愈能……把話說得更流暢些……而不需要覺得自己必須……填滿每一秒。我的……意思是說，說話有些……停頓是沒關係的……不需要老是認為你必須說些像是『嗯』的虛字來填補時間。這樣算是回答了你的問題嗎？」

「嗯，是的。謝謝。」

艾爾頓這時**應該**要站起來，道謝，然後趕緊離開辦公室。不過，他卻沒這麼做。

他反而繼續說：「只不過……嗯，我注意到您在某些時候說『嗯』的次數要比其他時間還**多**。次數最多的時候是在每星期四，通常在廣播對全校說話的時候，會說大約七次『嗯』，還有一次是在星期四早上。」

布克利校長的嘴唇抿成一條線，身體也靠得更前面，兩隻眼睛瞪得很大，彷彿是不敢相信一樣。「你是在告訴我，你一直在**計算**

我說那個字說了幾次？你是記錄下來寫成一張清單，還是做成圖表之類的？」

「嗯……是的，沒錯。」

現在換成艾爾頓的臉漲紅了。他注意到當布克利校長問他這問題時，一次都沒說出「嗯」這個字。他也注意到昆特直挺挺的坐在位子上動都不動，簡直就像是一尊雕像——一個害怕到極點的男孩雕像。

他看著布克利校長的眼睛，感覺到一股驚駭似乎要把他橫掃到地板去；不過，他努力對抗著這股畏懼。在不到兩分鐘的時間裡，這是他心頭第二次浮現了一個辦法。這個辦法異常清楚，只有簡單的六個字：**把事實說出來！**

艾爾頓幾乎是同時間聽到自己說話的聲音：「不過，我是把收集到的所有資料畫成一張地圖，因為這是我最喜歡用來表現資訊的方式。還有，嗯……我想我最好先警告您，這張說明您在哪幾天早上廣播時會說幾次『嗯』的地圖，它……它不見了。某個人可能會讓它傳遍整個學校。嗯……萬一真的發生了，我想要告訴你，我很抱歉。如果真的變成這樣子的話，我真的很對不起。」

布克利校長瞪著他看的同時，這整間用玻璃圍成的辦公室似乎滑進一個絕對靜止的氣穴裡，像是殺手級颶風中心之類的地方。艾爾頓甚至不確定自己的心臟還有沒有在跳動。他知道自己屏著呼吸，昆特也一樣。

突然間，布克利校長微笑了。接著，她出聲笑出來，在噴著鼻息和咯咯大笑之間，她費力的說：「一張地圖？一張我說了幾次『嗯』的地圖？這實在是滑稽到了不起的地步，根本**太好笑**了！」

她擦擦眼角，站起來，臉上掛著開闊的笑容，說：「艾爾頓，你不用擔心那張地圖真的傳遍學校會怎麼樣。這間學校的每一個人早就知道我老是說『嗯』！不過，你要是把地圖找回來了，我還真的想看一看呢。好了，你們兩個現在應該回去教室了，還有，**嗯**，我得去看看幼稚園的校車來了沒！」

當布克利校長拿起帽子和手套急忙走出去的時候，仍然咯咯笑個不停。

艾爾頓和昆特走出了校長辦公室。兩個人一直快走到六年級樓層的走廊上才出聲說話。

昆特說：「老兄，說真的，你剛才那一招真是**天才**耶！你知道的，對吧？**天才**……**絕對**沒話說！她原本可能會氣瘋的，結果你反而讓她笑出來！那情況就像是，如果她正在吃優格，她肯定會把優格從鼻子裡噴出來！**根本**就是一個奇蹟！」

艾爾頓點頭，咧開嘴笑了。「沒錯，」他說：「奇蹟。」

但艾爾頓心裡想的其實不是這件事情。

他剛才在校長辦公室裡突然想到應該對布克利校長說什麼的同時，就在那驚險的一刻裡，他也記起了一個稍縱即逝的念頭。

現在，他確定了自己的感覺沒錯。

剛才在布克利校長辦公室發生的並**不是**奇蹟，而是跟別的事情有關。

13 消毒

「你做了**什麼？**」艾瑪・威爾遜往下怒視著艾爾頓，彷彿他是一隻臭蟲。

艾爾頓努力讓自己看起來很友善、無害。不過，他也試著不要露出笑容，免得讓人覺得他沒禮貌。他暗自擔心控制表情會讓他看起來像個機器人，或是動畫電影裡面那種呆頭呆腦的角色。

不過艾爾頓把所有這些想法趕出腦袋，深呼吸，然後讓自己盡可能顯得誠懇。

「我是說，我把你的名字寫進我畫的一張六年級學生身高地圖裡面。還有……我叫你『威爾遜山』。那張地圖就像是那種健行指南地圖，不同的高度有不同的地形線。既然你是個子最高的學生，我就用你的名字當作制高點。我從來沒有打算要讓其他人看到那張地圖，因為這比較像是我的個人實驗。只不過，那張地圖現在遺失了，某個人可能會傳出去讓全校的人看到。所以我想先警告你這件事，還有事先告訴你，我很對不起。我是說，如果真的發生這種事情的話。」

儘管目光仍然凌厲，艾瑪撇了撇嘴說：「說得好像我有多**在乎**一樣！你以為自己是第一個取笑我個子高的白痴男生嗎？」

「噢，我不是這個意思，」艾爾頓趕快解釋：「真的，我……我沒有取笑你的意思。我覺得能長這麼高相當了不起。只不過……

這的確是事實，而我把這項事實放進地圖裡。我只是想告訴你這件事，也告訴你我並**沒有**取笑你……至少不是故意的。」

「**對啦**，」她冷笑著說：「所以你認為當某個人在你的地圖上看見『威爾遜山』，會覺得一**點都不**好笑，是這樣嗎？」

「嗯……好吧，」艾爾頓慢慢說著：「我**的確**是想弄得有趣好笑……你不覺得**的確**是有那麼一點好笑嗎？我是說……如果有人畫了一張我的圖像？把一顆地球儀放在肩膀上來取代我的頭？我會一笑置之……我是說，我覺得自己可以一笑置之，因為那樣還挺好笑的。艾爾頓．席勒格的頭**本來**就是地球儀，大家都知道的。」

圍繞在威爾遜山的雷雨雲突然間露出一絲陽光，不過艾瑪臉上的小小微笑迅速又消失了。

「我得去搭校車了。謝謝你事先警告我這個『威爾遜山』的事情……我想你不是個百分百的卑鄙小人啦。」

有沒有見過足球員跑到底線區達陣之後，興奮到跳舞的樣子？那就是艾爾頓一聽到艾瑪說他不是卑鄙小人之後的樣子。

艾瑪．威爾遜是艾爾頓在這一天第五個開口道歉的對象，而她臉上小到幾乎看不見的笑容是比較令人愉快的時刻。**最棒**的時刻要算是這一天的第一個道歉對象：布克利校長在上課前的咯咯大笑。

當他和昆特從校長辦公室走回教室的路上，艾爾頓理解到校長的反應並不是什麼奇蹟造成的。布克利校長願意原諒他，是因為他告訴她事情真相。他靠三個簡單的步驟說出真相：先解釋自己繪製的地圖細節；警告校長地圖可能會傳出去被別人看到；最後再告訴她如果事情真的發生而讓她很難堪的話，他**真的非常**抱歉。

　　這當中的關鍵在於，艾爾頓發現如果布克利校長對於自己坦白承認整件事可以不加追究的話，那麼其他的人對於他做的事**應該**也不會太過責難才對。如果他也可以事先向其他人道歉，那麼那些失蹤的地圖對他就不會再產生任何威脅。這表示整個勒索事件就可以迅速的落幕了。

　　他再次往下看了看身上這件素面灰色T恤。如果接下來的十五分鐘還是一樣順利的話，他明天就可以穿上他最鍾愛的歐海爾機場地圖T恤了。他現在距離終點線非常靠近，只需要再向最後一個人道歉就行了。

　　他在教室的時候就先列了一張清單，列出萬一地圖真的流出去可能會生氣的人名。第一次列出來的名單真是一長串，讓艾爾頓覺得自己或許應該向校長借用廣播系統，一次對整個學校的人事先道歉算了。

接著，他懷疑自己真的需要向**每一個**爸媽已經離婚的學生道歉嗎？他又沒有把任何人的名字直接寫在地圖上面。還有那張關於哪些科目最容易發生考試作弊情形發生的地圖？一樣的道理，並沒有任何名字出現。關於哪些運動鞋品牌或是T恤顏色最受歡迎的地圖？有些學生可能覺得他竟然還研究他們的衣服，這未免也太怪了些，但會有人因此就覺得被侵犯或是對他生氣嗎？應該是不會。

他甚至決定如果那張「午餐時刻最高人氣六年級學生」的地圖流出去之後，自己可以承擔可能的後果。有些學生可能會認為他對於每個人的人氣指數觀察不一定正確，也一定會有些人認為他在文氏圖圓圈所用的形容詞不是很友善，但就算是如此，地圖上多數的資訊並沒有那麼針對個人。

根據這些邏輯，最後列出來的「可能冒犯別人的地圖」名單就短了許多，就是那些有直接或間接顯示名字的幾張。艾爾頓覺得，如果自己已經事先向那些人道歉，萬一**所有**地圖真的公諸於世，自己也可以坦然承擔剩下的後果。

既然需要向高大的艾瑪·威爾遜道歉，那就不能漏掉「威爾登低地」。跟凱爾的對話有如沐浴在微風之下輕鬆，只需要在美術課下課後的走廊上簡單談就解決了。

「威爾登低地？你沒開玩笑？」凱爾的臉皺了一、兩秒鐘，然後聳了聳肩。「知道嗎？我寧可自己因為個子小而被人注意到，也好過完全沒人注意我。所以說席格勒，你不用擔心啦。只要你沒把我的名字寫錯就好了。」

有一些人就比較難纏。

吃完午餐之後，艾爾頓必須走進自助餐廚房裡，告訴三個負責供應午餐的阿姨關於「多少六年級學生上體育課時必須不斷跑廁所」地圖的事情。艾爾頓解釋，每天吃完午餐後的下午第一堂課就是體育課，他注意到一些特定的菜餚會讓很多學生跑廁所的次數增多，這當中又以義大利雞肉水餃排行第一。

煮午餐的阿姨們站在那裡，兩個手臂交叉橫過胸前，聽著艾爾頓詳細說明那張地圖。地圖名稱為「廁所遷移模式」，他根據每一年有多少種鯨魚是如何長距離移動來尋找食物的概念，來繪製他的地圖。只不過，在他的地圖裡，是有多少個六年級學生在吃完義大利雞肉水餃、或是雙份墨西哥玉米捲、或是美式炒什錦燴菜之後，就會開始四處找廁所。接著，他解釋這張地圖不見了，學校裡每個學生最後可能都會看到這地圖。他尷尬的向她們道歉，他也說他畫這張地圖絕對**不是**為了取笑這些阿姨每天為哈柏學生煮的好吃食物……可惜沒有一個人露出笑容。艾爾頓原本也打算告訴她們，學校廚房也在他一張標示「學校可以聞到的二十九種氣味」地圖裡出現過幾次。不過其中一位阿姨的表情像是打算拉下頭上的髮網勒死他，因此艾爾頓再說了一次道歉之後，就趕緊離開了。在路上，艾爾頓決定自己最近還是從家裡帶午餐來比較保險。

想到那張「氣味」地圖，他差一點就把伊蓮娜放入他的抱歉名單；因為他在地圖上把喜歡噴濃香水的伊蓮娜畫成一朵散發強烈氣味的巨大花朵。不過，既然她很明顯的就是那個寄勒索字條給他的人，他決定她不值得得到自己的道歉。

跟餐廳阿姨比起來，特洛伊老師顯得親切太多了。在第七堂的社會課下課之後，艾爾頓上前跟他說話。他才說不到兩個句子，就被特洛伊老師打斷了話。

「等一等，等一等，你**研究**我每天來學校上課時穿的衣服？很難相信會有這種事耶！」

艾爾頓回答：「這個嘛，就我所記得的，你有四件不同的長褲、兩條一黑一棕的皮帶、兩件不同的運動夾克、八條領帶、一件淡藍色襯衫、一件淡藍底紅條紋襯衫、一件深藍色襯衫、一件白色襯衫、一件白底黃條紋襯衫，以及兩雙不同款的鞋子，一雙是黑色樂福鞋，另一雙是棕色繫帶皮鞋。你穿的襪子不是黑色就是棕色，依你當天穿的鞋子而定。不過你還有一雙黃色灰色的菱格紋襪子。差不多就是這樣了。」

特洛伊老師搔了搔自己的下巴。「嗯……這個摘要挺不錯的。不過……**你為什麼這麼做呢？**」

艾爾頓回答：「你不是常會出小考給我們嗎？我注意到每次有臨時小考的時候，你都會繫領帶。」

「我懂了……因此你就開始做紀錄？」

艾爾頓點頭。「是的。自從九月四號開始，『沒領帶』表示有百分之九十五的機會沒有小考。當你穿那雙黃色和灰色的菱格紋襪子的時候，**絕對不會**出小考給我們。」

特洛伊老師的臉上出現了笑容。「你的研究相當令人驚訝！不過……你為什麼要現在告訴我這件事？你以後的小考預測系統就會不靈驗了唷。」

艾爾頓說：「這個嘛，我畫了一張叫做『條紋和小考關聯性』的地圖，這是因為你多數的領帶都有條紋圖案。地圖的架構像是你課堂上說的天氣預報圖，包括高氣壓和低氣壓的分布區域。我用冷鋒來表示你會出小考的機率，只不過我用領帶沿著線畫出來，而不是在真正的天氣地圖上使用的小箭頭。我也把你那雙黃色和灰色的菱格紋襪子畫在線條上面。我沒有把這地圖拿給任何人看過，但是前天某個人把地圖偷走了，我想他們可能會把它貼在學校的某個地方。我想要事先向你道歉，免得事情真的發生了。因為這有點像是在取笑你的衣服。」

「道歉？」特洛伊老師露出大大的笑容，說：「我才應該謝謝你，我不知道自己竟然是個慣性動物呢。」

特洛伊老師是道歉對象四號，艾瑪則是五號。

他現在只剩下一個了：魏林老師。偏偏這是最困難的一位，這也就是艾爾頓把她排在這一天最後時刻的原因。

把一個人腦袋裡想的事情全部顯示出來？比起談論別人的衣

服、身高，或是他們說「嗯」的次數，這可是更接近隱私的事。

而且還把那一頭亂到不行的捲髮畫出來？這個也很私人。然後還把她在課堂上從來不說的事情條列出來？這可就是離譜到越線了呢。因為這麼做不僅只是揭人隱私，更顯得刻薄了。最後還得意的拿給昆特看？想到這裡讓他感覺非常不安。艾爾頓很確定自己絕對會被狠狠大罵一頓，不過他也覺得自己罪有應得。

再說，光是解釋那個大腦圖還不夠，他**還**必須告訴魏林老師關於消防演習的事情：他為什麼故意錯過的理由，還有他為什麼說謊、假裝自己在畫新地圖而沒聽到警鈴的事情。

他站在她的教室外面，試著鼓起勇氣走進去。他伸手出去正要握住門把時，聽見有人在叫他。

「喂，小艾！」

他不需要轉過頭去看也知道那是昆特。艾爾頓轉頭過來，即便走廊上擠滿了準備去搭校車的學生們，他一下子就看見昆特在靠近體育館的地方誇張的揮著手。

他再度大喊。「喂——趕快過來！」

艾爾頓很高興自己有理由把最後的重大道歉延遲一下，趕緊朝昆特跑去。等他跑近，昆特一把抓住他的手臂，把他拉向角落。

「什麼事……」

「你只要聽就行了，好嗎？」昆特上氣不接下氣的快速說著：「我去圖書館還一些書，要離開的時候，羅麥絲太太對我說：『你知不知道艾爾頓有沒有拿回他的資料夾啊？』」

「什麼？」艾爾頓瞪著他說：「**她有……**」

「**噓**——聽下去！」昆特說：「所以我故意裝傻。羅麥絲太太繼續說：『艾爾頓星期一的時候把一個資料夾忘在這裡，就是你們兩個在這裡鬼吼鬼叫的那一天啊。』然後我說：『要我拿回去給他嗎？』你知道她接下來說什麼嗎？」

「什麼？她說**什麼**？」

「她說：『艾爾頓沒有回來拿，所以我把資料夾拿給魏林老師了。』然後我說：『星期一的時候？』她又說：『不是，星期二放學的時候！』」昆特說到這裡，戲劇性的停頓一會兒。「懂了沒？魏林老師在**星期二**下午放學的時候，就拿到你的資料夾了！你是什麼時候收到第一張字條的？**星期三早上**！老兄，就是她！**她就是那個地圖綁匪！**」

14 正確的道路

「不可能！」

昆特再說一次。「就是魏林老師沒錯，她拿了所有的地圖！」

艾爾頓覺得頭昏眼花，全身無力。他消沉的靠在體育館一旁的牆壁上。

「你還好嗎？」昆特問：「我應該去搭車了，不過我可以先不坐這班。」

艾爾頓站直身體、搖搖頭。「沒關係，你去吧。我沒事。」

「你確定？」

艾爾頓擠出微笑。「我沒事。我只是覺得這整件事很瘋狂。沒事的。」

「是啊，簡直就是完完全全的……荒謬、瘋狂、嚇人！」

艾爾頓整個人怔住了。

然後，昆特壓低聲音說：「所以……你打算怎麼做？」

「還不知道。」艾爾頓回答。

「你應該先回家好好想一想，這是我的建議啦。聽著，我得先閃人了。打電話給我，好嗎？不管你要做什麼，先好好想一想。」

艾爾頓點頭。「我會的。謝了。」

等到昆特走過轉角，艾爾頓又靠回牆壁上。這可以減緩他的暈眩。他閉上眼睛，暈眩感卻更嚴重，他趕緊張開眼睛，往下盯著一處四片地板瓷磚相互接合的地方。

這讓他聯想到「四角落」，也就是猶他、科羅拉多、新墨西哥和亞利桑那四個州邊界相互會合的地點。兩年前的夏天，他和家人去大峽谷玩的路途上，真的站上了那個點。這對一個熱愛地圖的小孩來說是很珍貴的時刻。

校外，幾輛較晚出發的校車轟隆隆的開走了。校內，整個走廊在兩分鐘內從熱鬧的喧囂轉為安靜；而艾爾頓在這期間只是盯著地板上的四條線，暗自希望自己這輩子從沒見過任何一張地圖。

「你遇上什麼問題了嗎？」

艾爾頓立刻站直身體，轉向左邊。

體育老師斜著眼看艾爾頓的臉。「席格勒，你的臉色看起來不怎麼好。需要幫忙嗎？」

「勒德羅老師，我沒事。謝謝。」

「你錯過校車了？」

「嗯……我得留下來……我有事找魏林老師。」

「那你最好趕快去。」他的手指著方向，「往那邊。」

「好，」艾爾頓回答：「明天見。」說完他就往那個方向走。

走過轉角之後，他再走了大約十步，決定在下一個轉角往右轉，往大廳走。昆特說的對，他需要時間想一想，然後再去找魏林老師。他需要回家去。這樣子……他可以打電話給媽媽……不過，她會先等到貝絲從校車下來、安全回到家之後才到學校接他。

這樣倒不如等傍晚的巴士還比較行得通……得等個四十五分鐘，還不算太久。

我可以在辦公室裡面等。

走到走廊相互連接的地方時，艾爾頓正要往右轉，但突然又停下來，左右看看每一個方向。走廊上空無一人。

他再次想到「四角落」……以及指南針上的四個點。

他心裡湧起一股強烈、清晰的感覺，他站著靜止不動，往下看著自己的兩隻腳。他感覺自己就站在一個巨大的地圖上，就跟星期二騎腳踏車去昆特家時一樣。不過，這一次是他整個人生的地圖，像是一個完整的GPS紀錄，把他這輩子走過的每一步路都清楚記錄下來。前面那些走過的成千上萬步伐把他帶到這時候、這地方的這一個點。而他就是唯一能夠想清楚出自己從這一點該走向哪條正確道路的那一個人。

艾爾頓轉了方向繼續走，但不是朝辦公室的方向。他直接朝魏林老師的班級教室走去。該是完成今天最後一個道歉的時候了。

15 坦白認錯

「嗨，魏林老師，我可以跟你談一下嗎？」

魏林老師抬起頭，露出笑容，接著看一眼時鐘。「當然可以，進來吧。不過我再五分鐘就得走了。我的狗狗保母約了牙醫——是她的牙醫，不是狗的牙醫！」

她笑了出來，可是艾爾頓卻連擠出個微笑都有困難。

想到她手上有自己的地圖，然後還寄那些字條？這些一定都會讓魏林老師改變對自己的看法，艾爾頓想到這些實在是**笑不出來**。

他無法相信一個**老師**會做出這種事。這根本就是……不可能的事情。如果是像伊蓮娜那樣的女生？沒錯，他相信她做得出來，但是如果是像老師這樣的女生……

艾爾頓咻的滑進前排一個座位上，然後看著魏林老師。他是真的盯著她**看**，因為他前一秒心裡冒出的想法，讓他差一點就說出「像魏林老師這樣的**女生！**」這些話。

就艾爾頓所認識的所有老師來說，坐在六英尺外大書桌後面的魏林老師看起來……真的比較像是女生而不是老師。沒有一個老師像她一樣年輕，而且多數的老師都結婚有小孩了，有些老師甚至準備退休了。

艾爾頓發現自己正盯著魏林老師看，而且他也沒辦法在這裡坐上十分鐘，因此他努力想把事情理清楚。他必須說些話，不管**老師**

做了什麼事，**他**仍然有一大堆事要向她道歉。因此他豁出去了。

「我來是要跟老師道歉。三個星期前，我畫了一張地圖，有點卡通風格。那張地圖是關於你在課堂上說的一些事。」

魏林老師的眉毛揚了起來。「真的嗎？你指的是數學課和科學課嗎？」

他搖搖頭，心裡很驚訝她竟然還能夠假裝不知道自己在說什麼。「不是……是這樣的，從九月開始，我把你說的每件事情寫下來，而那些事情和學校作業沒關係。」

她的眉毛揚得更高了。「**每件事情**？像是什麼？」

艾爾頓回答：「像是你的狗，還有你的弟弟，還有你愛吃的食物和足球等等的事情。我利用這些資訊，畫了……畫了一張你的大腦地圖。」

「一張**什麼**？」

艾爾頓被她的聲調嚇得縮了一下，不過他並不是真的害怕，因為他知道她只是在演戲。

「一張你的大腦地圖。我根據你在課堂上最常說的幾件事……把你的大腦分成這七部分。」

魏林老師的嘴唇抿成一條細薄緊繃的線。「我**現在**就想看到這張地圖！」

艾爾頓必須把頭別過去，他不想讓自己的眼睛透露出任何情緒。因為他知道她已經**看過**那張地圖了，那地圖或許就在她的書桌抽屜裡，就在她的面前！

他努力面對她，繼續把話說完。「魏林老師，問題就在這裡。那張地圖……不見了。那個拿走地圖的人可能想讓學校所有的人都看到。」他吞了吞口水，然後繼續說：「而這張畫著你大腦的地圖，流出去的話會很糟，因為我把你的頭髮也畫上去了。從地圖上看起來……有點像直接畫在大腦旁邊。」

魏林老師漲紅著臉，但在她來得及說話之前，艾爾頓繼續說下去。他想把自己的部分一次說完，就像是拔掉一顆鬆脫的牙齒，也像是他對從來沒見過這張地圖的老師真正**誠心的**道歉一樣。

「還有……地圖上也列出你從來**不**談的事情，像是你看過哪些電影、讀過哪些書，或是有什麼興趣，或是……男朋友。另外，關於星期二的消防演習，我在這件事情上說謊了。我是故意留在教室裡的，這樣我才能找這張地圖，以及其他地圖。我從來就沒想過要拿給任何人看這些地圖……唯一的例外，是我在星期一把你的大腦地圖拿給昆特·哈里森看；然後……地圖就全被人**偷走**了。」

他故意讓最後幾個字懸在空中，觀察她的臉色。她沒有退縮，沒有眨眼，臉上甚至沒有牽動任何肌肉。真了不起！

因此他繼續說：「我希望不會有人讓這些地圖流出去，特別是你的大腦地圖。因為我真的從沒想過公開這些地圖，把它拿給昆特看是我的錯。對於這所有的事，我很對不起。真的很對不起。」

艾爾頓是真心說出最後這部分的每一個字。雖然魏林老師已經透過這些字條以及這兩天不斷的擔心讓他付出了代價，但這全部的混亂都是由他引起的。這真是他的錯，他覺得非常過意不去。

魏林老師打開書桌最上面一層抽屜，艾爾頓心裡想：**就是這一刻，現在換她跟我坦白了！**

不過，她只是拿起手機，在小小的螢幕上按了幾下。

艾爾頓這下子緊張了。

她是要打給校長嗎？她要把這件事情整個大翻轉，也許控告我目無尊長？她搞不好會想讓我退學之類的？她對於那張地圖有這麼生氣嗎？

「夏綠蒂？嗨，你現在可以先離開了。我還在學校，你離開之前把『搖擺先生』放到他的箱子裡去就行了，好嗎？很好……這樣很好……謝謝。」

她把手機慢慢放回抽屜裡。她沒改變坐姿，眼睛往下注視著自己兩隻交握的手。

艾爾頓不知道她接下來要做什麼或是說什麼。

他開口說話：「魏林老師，我真的很……」

她舉起一隻手，就像交通警察一樣。

然後她看著他好一會，艾爾頓還是不知道她在想什麼。但等到她說話的時候，她的聲音很平穩、鎮靜。

「首先，謝謝你告訴我關於消防演習的真相。你星期二放學後過來跟我道歉，之後沒多久，我就發現你並沒有完全對我說實話。我三個星期前弄丟了教室鑰匙，這已經是一個月內連丟了兩次，因此我這次沒辦法告訴管理員。那天當我離開教室的時候，教室門沒有上鎖，但是消防演習時，我卻發現教室門是鎖著的，那麼就一定是**你**鎖上去的……因此那整段期間裡，你並不是真的沉浸在自己的世界而不知道外面發生的事。我當時就懷疑你在計畫些什麼。謝謝你告訴我事實。」

接下來是好一陣沉默。

目前的狀況並不理想。艾爾頓看見她咬著下唇，下巴的肌肉收緊了。她伸起一隻手，摸了摸她的頭髮——那頭捲髮今天還真是亂到誇張。

然後，她看著他的眼睛，微微笑了一下。「關於你把我的大腦畫成地圖這件事呢，也謝謝你告訴我事實。你這麼做很勇敢。我今年才開始當老師的事也不是什麼祕密，我或許對於別人怎麼看我還是相當在意吧。至於我常常提到的小弟？他還是動不動就會取笑我，尤其是我的頭髮，他叫我『大頭』耶！我不喜歡被人嘲笑，但是我希望能夠表現得更好一點，不要去理會這種事。我想我也必須這麼做吧！」

突然間，她又從抽屜裡拿出手機，站了起來。「好了，我接受你的道歉。我現在必須走了……還有其他事情嗎？」

艾爾頓愣住了，她甚至沒打算提到資料夾這件事！

「嗯……我……沒……沒別的事了。」

艾爾頓也跟著站起來，魏林老師繞過她的書桌，走到艾爾頓面前，伸出一隻手。艾爾頓本能的看著她的眼睛，握住她的手，有力的握了握，就像他爸爸教他的一樣。

魏林老師微笑著說：「再次謝謝你，艾爾頓。」

他結巴地說：「不……不客氣。」

她放開手，快步走到教室後面，打開她放外套的衣櫃。

艾爾頓拿起後背包，往教室門口走。他整個人感覺到很困惑，不過他倒是想起來第八節課上完之後，自己還沒去拿外套。他又走回自己的置物櫃，就在把外套從鉤子上拉下來的時候，他的眼睛瞪得大大的。

資料夾！

雖然只從書本和紙張下面露出了一點點，但他立刻就認出來。

他回過頭往後面看一看，看見魏林老師在皮包翻找著東西。艾爾頓拉出資料夾，再塞到後背包裡。

當他急忙往門口走的時候，魏林老師抬起頭，笑了笑。「艾爾頓，明天見了。」

艾爾頓尷尬的點著頭。「明天見。」

艾爾頓傳簡訊給媽媽，讓她知道他得留在學校的事情；然後他在辦公室裡等晚班的公車，這給他很長的時間好好想想整件事。公車終於到了，要坐十五分鐘才能到家，這時他的手機嗡嗡響著：昆特傳了簡訊給他。

嘿，老兄，還好嗎？

回家了嗎？

沒。去找了魏林老師。

啥？

她有承認嗎？

沒。

啥？

她什麼都沒說。

那你有跟她對質所有的事情，對嗎？

沒。

啥？

我道了歉，她也接受了。

然後我在我的置物櫃裡找到資料夾。

也許那東西從星期二以後就擺在那裡了。

也許她根本就沒打開來看。

但你知道她有看啊！

因為你知道之前置物櫃並沒有那東西。

你還收到那些字條耶！

什麼字條？

啥？

就是那些紙條啊！！！

地圖綁匪傳給你的啊！

她沒有傳任何字條給我。

是你傳的嗎？

這是……等一等，啥？

老兄，我被你弄糊塗了。

一切都結束了。

就把這件事當做從沒發生過吧。

這種事我很在行的。

登愣——懂了。

那麼……我改天可以看看剩下的地圖嗎？

地圖？什麼地圖？

啥？你資料夾裡的地圖啊！

什麼資料夾？

噢，對。什麼事都沒發生過。

再見了，老兄。

再見了，老兄。

16 終曲

從十一月到隔年的六月其實是一段很長的時間，不過艾爾頓倒不這麼覺得。他覺得六年級剩下的時間一下子就飛逝了。昆特．哈里森不僅成為艾爾頓真正的好友，還是他這輩子交過最棒的朋友。等到這學年結束的時候，艾爾頓說話時會用上不少流行語，而昆特則是不再說那麼多流行語了。

他們合作的廢棄鐵路報告最後也愈做愈龐大。主要的部分當然還是地圖，不過昆特和艾爾頓把現今的健行路線、自行車步道資訊和舊鐵道公司的歷史成功結合在一起，這是很了不起的創意。地圖同時也表現了鐵路如何改變這一州的經濟和政治，以及如何改善下一代農夫、礦工、肉品包裝工人和工廠工人的生活。特洛伊老師覺得這張地圖做得相當傑出，甚至影印了一份送到伊利諾州的自然資源部去。三個星期後，自然資源部部長寄了一封信給艾爾頓和昆特，希望兩人同意讓他們把這地圖傳上網路供民眾觀賞，他們兩人的名字也會出現在上面。兩人開心的答應了。

一月底某一天，布克利校長在走廊上攔下了艾爾頓。

「記得嗎，艾爾頓，你還沒拿那張畫了我有多常說『嗯』的地圖給我看唷。你忘記了嗎？」

艾爾頓笑了笑，搖頭說：「不，我沒忘記。不過我覺得我再也見不到那張地圖了。」他說的是真的，**大部分是**。

終曲

那個十月天的下午，他把裝著祕密地圖的資料夾直接帶回家。不過，他還是忍不下心把地圖全撕了，因此他把地圖藏進媽媽塞到閣樓的一個小盒子裡，盒子裡裝的全是他二、三年級時做的學校報告作業。他想像自己五年或十年後再回過來看這些東西，應該會挺有趣的。但絕不會是最近任何時候，而且也絕不會再有第二個人看見這些地圖。

校長離開前，艾爾頓想起一件重要的事。他說：「嗯……關於地圖的事情，我有一件事需要告訴您。您還記得去年十月第一次消防演習的事嗎？我那一次沒有跟其他同學一樣走到外面去，害魏林老師惹上麻煩。嗯……我那時候是故意留在教室裡，好趁機去找那張地圖，以及其他一些地圖。所以那並不是魏林老師的錯。我想讓您知道這一點。」

布克利校長皺起眉頭。「你應該早一點告訴我這件事的。你有跟魏林老師說過這件事嗎？」

艾爾頓點點頭。「有。在事情發生後幾天。」

「真的嗎？」布克利校長一臉困惑。「因為她沒跟我提過這件事。」接著，校長露出了笑容。「或許魏林老師不希望**你**因此惹上麻煩吧。好了，艾爾頓，很高興你告訴我這件事。謝謝你。我會把事情弄清楚的。」

三月份舉行了一連串的學年測驗，在那之後，時間流逝的速度感覺上愈來愈快。

四月份的時候，艾爾頓開始發覺伊蓮娜其實有點可愛，因此有一天他向昆特提起這一點。

昆特瞇起眼睛，看著艾爾頓。「這樣的話，就找她說話啊。」

「但是，我……要說什麼？」

昆特想了一會。「我知道了！告訴她很久以前你把**她**畫進一張地圖裡！」

隔天，艾爾頓照著昆特的建議做。結果他和伊蓮娜談了很久，還笑個不停。艾爾頓甚至鼓起勇氣，告訴伊蓮娜，她之所以被畫進地圖，是因為她身上擦的香水對他來說實在太濃了。

五月的一個星期六下午，艾爾頓和昆特約了伊蓮娜和凱瑟琳在購物中心碰面，一起去吃披薩。艾爾頓注意到，伊蓮娜沒擦任何香水。他覺得自己倒有點懷念那種味道，他也告訴了她。

艾爾頓也不再記錄魏林老師在課堂上提到的事情了。他甚至不再注意她的頭髮，而她看起來似乎也不在意了。她每天的髮型都一樣，就是把頭髮全抓到後腦勺的位置，用工業用橡皮筋綁成緊緊的小馬尾。

不過，艾爾頓還是忍不住注意到魏林老師仍然不停的說十進位公制的優點，以及美國人應該覺醒，要和世界其他國家採用同樣的單位測量每件事物。艾爾頓覺得她說得很對，決定從他自己做起，他以後畫的每張新地圖會同時放上英制和公制的測量單位。

艾爾頓．羅伯特．席格勒真的繪製了新地圖，還畫了一堆呢。趁大地結凍的時候，他把哈柏葛羅鎮上和附近的溼地做成圖表；等到春天天氣暖和下來，他運用手機裡的噪音計應用程式，來測量圖表上每一塊溼地裡青蛙唱歌的音量。

四月的時候，他騎著腳踏車在鎮上每一條街道穿梭，每騎過半個街區就停下來記錄他手機的訊號強度，然後把所有資料記在塗上顏色的格子表單內。

終曲

一天夜晚，他把手機裡七十五位聯絡人的姓名和地址印出來，把每一個人的位置在美國地圖上標記出來。

然後他發現自己看手機的頻率未免**太**誇張了些。

說到他的手機，五月底的某天他接到海瑟傳來的簡訊。她說，她剛得到了FTF（首先找到寶藏），這在地理藏寶界來說可是件大事呢。她先前在一個隱晦的網站裡注意到一則神祕地理藏寶的訊息，寶藏是由「地圖先生」藏起來的。她花了好一陣子才想出來，不過所有線索和座標都引領著海瑟來到布克利校長的辦公室，來到她書桌左邊的一張椅子。

艾爾頓讀到這裡不禁笑開嘴，然後回傳簡訊：「恭喜你！」他記得很清楚，他和昆特去找校長的那一天，自己是怎麼把一個小小的磁鐵鑰匙盒塞到那張椅子的下面。盒子裡面留了兩樣東西：一個摺起來、寫上辦公室座標的黃色紀錄卡片，以及三條他特製的橡皮圈掠奪品。

海瑟又傳來訊息：你是怎麼進到校長辦公室的？

艾爾頓回答：說來話長，五年後再問我這問題！

春天有段時間裡，艾爾頓一直無法決定自己想到的點子好或是不好：他畫地圖時，應該改變地圖形狀成圓形而不再是方形。他有一張圓形地圖，裡面是十個不同尺寸的同心圓，用來表現六年級學生在自助餐廳吃飯時的噪音程度表。每三分鐘測量一次，根據音量來決定每一個圓圈的大小。他是如何測量聲音密集度的呢？當然是他的手機又派上用場了。

不過多數時間裡，艾爾頓盡量不再畫和學校生活有關的地圖。外頭的世界如此遼闊，也幾乎吸引了他全副的心思和注意力。

終曲

一轉眼，時序就來到了六月，再接下來，這學年只剩下最後半天的時間。

魏林老師和特洛伊老師在圖書館為六年級的畢業生舉辦了一個派對。艾爾頓和昆特和伊蓮娜隨意站著，吃著甜甜圈，他覺得所有的事情都很美好。這整學年都很棒，簡直是最棒的一年。

在整個派對期間，艾爾頓還是暗自期待魏林老師會悄悄的把他拉到一旁，低聲說著：**艾爾頓，其實你已經知道這整件事了；不過呢，我就是那個送字條給你的人，那個讓你有兩天的時間只能穿地圖圖案以外T恤的人，那個要你去問布克利校長她說話時為何老是嗯個不停的人！**

可惜這狀況始終沒有發生。派對結束後，每個人回到教室去，最後一次清理自己的置物櫃，拿成績單。

艾爾頓聽說隔壁魏爾富市的學校已經不讓學生帶成績單回家了，父母親會接到學校寄來的電子郵件或是收到代碼簡訊，然後直接上網看孩子的學習成績。艾爾頓坐在椅子上時，心裡想到這或許可以畫成有趣的地圖：來看看伊利諾州有哪幾個市鎮已經轉換成電子成績單了。不過，他還是喜歡傳統的方式。

當魏林老師拿給他一個密封好的信封時，她臉上沒有任何特別的微笑或是微微眨眼，沒有任何訊息讓他知道，他們兩人之間，在去年十月最後一個星期發生的特殊插曲已經完全過去了。

不過，真的是發生了一些**事情**……不是嗎？

按照席格勒家的規矩，要等到爸媽同時在家，他們才會開口問成績，那時候再把成績單拿出來；因此艾爾頓一點也不心急，他當

終曲

然也不擔心成績。他知道自己很努力，也確定自己的成績會很不錯。事實上，他的成績幾乎全是A呢。

下午五點半的時候，他和爸媽同時看到了成績。

「艾爾頓，了不起唷，」他媽媽說：「我們為你感到驕傲！」

他妹妹的成績也很不錯，全部不是E就是E^+。

爸爸對兩個孩子笑著說：「這件事值得吃披薩、冰淇淋還有看電影來好好慶祝。贊成的，就大聲說『耶』！」

「**耶！**」

「很好！大家四分鐘後在車子裡集合……現在**開始**！」

「等一下……」媽媽皺起眉頭。

她瞇著眼睛仔細看艾爾頓的成績單，然後把單子拿給艾爾頓，指出一個地方。

「**這裡**寫的到底是什麼意思啊？」

成績單背面畫了個速寫，儘管是用鉛筆草草畫成的，但看得出來是個大腦的圖案，還是**艾爾頓的**大腦！大腦被分成五個區域，從最大的部分到最小的部分依序是：地圖、披薩、手機、女生，靠近大腦最底端一個小小的區域上寫著「科學課」。

艾爾頓笑了出來。「那只是魏林老師開的一個玩笑啦，沒什麼特別的意思。」

他嘴裡雖然這麼說，但是內情可沒這麼單純。

這張素描說明了一切。

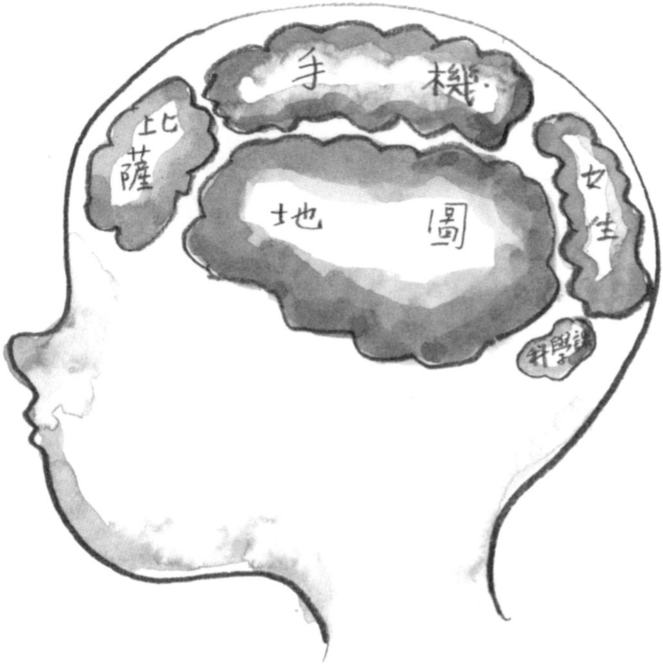
手機
比薩
地圖
女生
科學課

安德魯．克萊門斯 ㉒

祕密地圖

The Map Trap

文／安德魯．克萊門斯　譯／劉嘉路　圖／唐唐

主編／林孜懃　編輯協力／盧珮如　內頁設計／丘銳致
行銷企劃／金多誠、鍾曼靈　出版一部總編輯暨總監／王明雪

發行人／王榮文
出版發行／遠流出版事業股份有限公司　台北市南昌路2段81號6樓
電話：(02)2392-6899　傳真：(02)2392-6658　郵撥：0189456-1
著作權顧問／蕭雄淋律師
輸出印刷／中原造像股份有限公司
□2015年11月 1 日 初版一刷
□2021年 4 月30日 初版十刷

定價／新台幣250元（缺頁或破損的書，請寄回更換）

ISBN 978-957-32-7724-8
遠流博識網 http://www.ylib.com　E-mail:ylib@ylib.com
遠流YA讀報粉絲團 https://www.facebook.com/yaread

國家圖書館出版品預行編目資料

祕密地圖 / 安德魯 . 克萊門斯（Andrew Clements）文 ; 唐唐圖 ; 劉嘉路譯 . -- 初版 . -- 臺北市 : 遠流 , 2015.11
面 ;　公分
譯自 : The Map trap
ISBN 978-957-32-7724-8（平裝）

874.59　　104018898